VON CHRISTKINDERLN
UND WEIHNACHTSMANDELN

Das in den Texten wiederkehrende Zeichen ‿ soll darauf hinweisen, dass zwei Worte als eines gesprochen werden.

Impressum:
ISBN: 978-3-902524-04-1

1070 Wien, Schottenfeldgasse 24

Produktion: Ilse Helmreich
Produktionsassistenz: Brigitte Lang
Grafische Gestaltung: Elisabeth Waidhofer
Illustrationen: Lukas Pilgerstorfer
Notensatz: Gabi Tauber
Fotocredit Cover: Sabine Hufnagel
Lektorat: Regina Moshammer
Druck: Finidr s.r.o., Česky Těšín

VON CHRISTKINDERLN UND WEIHNACHTSMANDELN

Gerhard Blaboll

Mohl Verlag

INHALT

VORWORT VON KARLHEINZ HACKL

Beinahe könnte man es schon im Kalender eintragen: Es ist September und der neue Blaboll ist da. Von „Christkinderln und Weihnachtsmandeln". Meine große Neugier seit dem Frühjahr war: Wird es wieder so ein witziges Buch wie seine früheren? Wird es ihm wieder gelingen, sich selbst durch den Kakao zu ziehen und damit unserer Gesellschaft einen Spiegel vorzuhalten? Werden es wieder 31 Geschichten sein, eine für jeden Tag? Wird wieder die 30. Geschichte eine tragische Geschichte sein, wie um zu zeigen, dass nicht alles im Leben lustig ist? Wird wieder eine große Botschaft hinter all den Geschichten stehen? Wird er wieder ein Wörterbuch mit lustigen Erklärungen hinten anhängen?
Die gemeinsame Antwort auf all diese Fragen lautet: Ja! Und da muss ich schon sagen: Hut ab, denn ich weiß, dass man so etwas in dieser Qualität nicht ohne unermüdliches Arbeiten schaffen kann! Sein Anliegen war es diesmal, uns, nämlich den Lesern, Vorlesern und Lauschenden seiner Gedichte, den Besuchern seiner Kabaretts und den Hörern seiner Radiosendung, ein Hinterfragen der eigenen Gewohnheiten nahezulegen.
Wir haben uns so viele Gewohnheiten angeeignet und praktizieren sie immer wieder, ohne sie ab und zu auf ihre Sinnhaftigkeit zu hinterfragen. Advent und Weihnachten sind die Zeit, in der das am deutlichsten wird. Bräuche und Gewohnheiten, wie Gerhard Blaboll sie schildert, werden ausgeübt, ohne dass die Ausübenden sich noch erinnern können, warum sie das eigentlich tun. Wie in all seinen Büchern sieht Gerhard Blaboll diesen Appell nicht bloß auf das

Thema beschränkt, um das sich die Geschichten des jeweiligen Buches abspielen, sondern er versteht ihn als Metapher fürs ganze Leben. Er erinnert uns in höchst vergnüglicher Weise daran, dass Verhaltensweisen ohne den dazugehörenden Hintergrund an Reichtum verlieren und zu sinnentleerten Handlungen werden.
Sie kennen doch die Geschichte vom Gänsebraten? Nun, eine junge Frau macht jährlich zu Weihnachten einen hervorragenden Gänsebraten. Angesichts eines solchen Bratens fragt sie ihr Mann ganz verliebt: „Schatzi, dein Gänsebraten ist so großartig, so etwas Gutes kannst eben nur du machen. Aber sag, mich würd interessieren, warum du immer vorne und hinten ein großes Stück von der Gans abschneidest, bevor du sie in den Herd tust." Sie antwortet: „Das hat mir meine Mutter so beigebracht." Also fragen sie ihre Mutter. Die hat dieselbe Antwort darauf: „Ja, das weiß ich auch nicht, das hat mir meine Mutter so beigebracht." Also fragen sie die Großmutter. Deren Antwort überzeugt: „Na ja, wisst ihr, die Zeiten waren damals noch nicht so wie heute und meine einzige Bratpfanne war einfach zu klein!"

Viel Spaß beim Bratpfannen-Nachmessen und mit dem neuen Blaboll!

Ihr Karlheinz Hackl
Wien, im Sommer 2009

1. ZEITBESTIMMUNG

Advent – die stillste Zeit im Jahr. Diese Wortschöpfung ist selbst in ihrer ironischen Variante schon so unoriginell, dass man sie kaum noch verwenden mag. Überall hört man ein einziges Klagen gegen die Hektik und den Stress, die sich in der Vorweihnachtszeit ausbreiten, und ein Rufen nach dem eigentlichen Sinn des Festes.
Dabei könnte man selbst etwas dagegen tun, indem man sich nicht in den Strudel hineinziehen lässt, indem man alte Bräuche bewusst pflegt und Geschenke noch vor dem Dezember besorgt. Aber dann liefe man ja möglicherweise Gefahr, als stressfreier Mensch am Rande der Gesellschaft zu stehen. Und wer will das schon?

Wenn der Schnee vom Himmel fållt
und es mi am Gehsteig knållt,
weil es in der Innenstådt
rutschig is, und ziemlich glått,

wenn die Trümmerln von die Hund
zuadeckt san in aner Stund,
und i drüber går net fluach,
weil i panisch Gschenke such,

wenn, egal wohin’s an ziagt,
ma an Punsch zu kaufen kriagt,
der so ’panscht is, dass i fråg,
wer den Pansch so trinken måg,

wenn die Menschen hektisch san
und si grimmig anfåhrn tan,
kaum dass irgendwås passiert,
wås sie ärgert oder stiert,

wenn sie ålle grantig schaun
und si so ihrn Tåg versaun,
dann is es mir endlich klår:
Jetzt is‿d’ stillste Zeit im Jåhr!

2. DIE ADVENTKRANZBINDER

Adventkränze sind seit hundertfünfzig Jahren ein schöner Brauch, in dem viel Symbolik steckt: Der Kreis wird als Symbol der Ewigkeit betrachtet, das Grün als Symbol des Lebens und die Kerze als Symbol des Lichts. Jede Woche wird – gegen den Uhrzeigersinn – eine Kerze mehr angezündet, als ein Zeichen der steigenden Erwartung der Geburt Jesu, der ja von den Christen auch als das Licht der Welt bezeichnet wird. Und die vielen kleinen Verzierungen und Schleifen am Adventkranz sind ein Symbol für die unternehmerische Kreativität und die Begabungen unserer Geschenkartikelhändler und Floristen und ein Symbol für die Vorliebe meiner Frau für Kramuri. – Und so ist es ein netter Brauch geworden, den Adventkranz nicht einfach zu kaufen, sondern gemeinsam mit den Liebsten selbst anzufertigen und zu verzieren. So wie bei uns.

Des wird wieder a Theater!
Weil heut werdn beim Schwiegervater
in der Schupfen, in der runden,
unsere Adventkränz bunden.

Längst is ålles eingeleitet,
ålle samma vorbereitet:
I håb Strohkränz aufgetrieben,
die san irgndwo übrig blieben.

Waarn die nur a bisserl größer
und no runder, waar's zwår besser,
aber dafür wårn sie gratis,
wås jå a a Prädikat is.

Onkel Edi, der wår fleißig,
bringt an Låstwågn voller Reisig,
damit könnt ma - net zum Låchen -
leicht an Kranz fürs Råthaus måchen.

Seine Frau, die Tante Mitzi,
und ihr Urgroßenkerl Fritzi
und mei Frau erregn a Gsturi:
Sie håbn schåchtelweis Kramuri!

Bockerln, Engerln, goldne Bandeln,
kitschig rote Weihnåchtsmandeln,
echte Nuss und fålsche Sterndeln,
Krampusköpf mit klane Hörndeln,

Glocken, Kugeln, bunte Herzen,
dazu jede Menge Kerzen,
trocknete Orangenscheiben -
ma kann's går net ålls beschreiben!

Håbn s' des Zeug am Flohmårkt gfunden?
Mit dem Klumpert brauch ma Stunden!
Wenn ma des ålls aufestecken,
spieln d' Adventkränz glei Verstecken!

A die Nåchbarn san im Rennen,
weil s' Adventkränz binden können.
Sie und ihre klanen Kinder
waarn perfekte Rastelbinder.

Nur die Klanste is leicht gnatschig
und a wengerl hoppadatschig.
Gott sei Dank! Weil durch die Klane
bin i wenigst net allane!

Meine liebste Schwiegermutter
bringt für d' Kranzelbinder Futter:
Weihnåchtskeks åls Unterlåge
und danåch a Punschgelåge.

Etwås tuat zu åll den Dingen
a der Schwiegervåter bringen:
Er bringt einen leichten Schwips
und an Schippel guter Tipps.

Ganz konträr die Tante Grete.
Die bringt nämlich dünne Drähte
für des Reisigaufebinden
auf die Strohkränz – fålls ma s' finden.

Weil durch göttliche Bestimmung
wårn die scheinbår net in Stimmung
und san irgndwo liegen blieben.
Hätt i mir's nur aufgeschrieben!

Deswegn nehm ma Weidenasteln,
tuan aus denen Kränze basteln,
es wird g'arbeit, flott und froh,
und des klingt im Urtext so:

„Edi, geh, du sitzt scho richtig,
måch di doch a bisserl wichtig
und hau mir a Reisig uma.
Danke – net gråd mir am Brummer!"

„Florian, hör auf zum Påtzen,
weil sonst picken deine Pråtzen
von der bleden Pickpistolen.
Willst mir net an Glühwein holen?"

„Gerhard, is dir des entgangen?
Wås då liegt, des is a Zangen.
Schneid des Reisig mit die Dinger,
aber schneid di net in d' Finger!"

„Fritzi-Burli, håst a Hungerl?
Mågst an Schlecker auf dei Zungerl?
's Punschi is no ausgeschlossen,
des is mehr wås für die Großen."

„Florian, des derf net wåhr sei!
Schmiert der Bua des Engelshåår ei
und pickt's dann auf d' Fensterscheiben!
Florian, jetzt låss des bleiben!"

„Måg no wer an Punsch zum Trinken?"
„Mitzi, deine Koffer stinken!" –
„Druck mir net den Bledsinn eine,
des san sicherlich net meine!"

„Låssts die Keks då umawandern!
Ållweil stehn die bei die andern.
Håbts uns då herübn vergessen?
Wir wolln a davon wås essen!"

„Florian, tua weg die Grebeln.
Muass i mit dir ständig keppeln?
Bleib då unauffällig sitzen
oder geh a Pfeiferl schnitzen!“

„Au, verflixt, die Asteln stechen!“ –
„Då muass i dagegensprechen!
Då sticht nix, des is a Tanne!
Sei net haaklich, Marianne!“

„Könnt ma denn net zum Gelingen
a pååår Weihnåchtsliadeln singen?“ –
„Hearst, seit wann kannst du denn Noten?
Håbn s’ dir ’s Singen net verboten?“

„Grete, håst in deine Schwingerln
vielleicht a pååår Gummringerln?
Weil mit deine åltersschwåchen
Drahteln kannst kan Eindruck måchen!“

„Gerhard, spinnst? Hör auf zum fitzeln,
wås du måchst, san Reisigschnitzeln.
Die san doch net zum gebrauchen,
die kannst in der Pfeifen rauchen!“

„Wer will Punsch, wer will an Glühwein?“ –
„Danke, hearscht, du sschenkst net vü ein!
Mir sscheint fåscht, die Gllühweinbecher
håbn am Boden kkllane Llöcher!“

„Florian, du blede Pfeifen!
Kann denn wer den Buam begreifen?
Der schnitzt Pfeiferln aus die Kerzen!
Håbts an Schnåps für‿d’ Mågenschmerzen?“

Lösung:
Manchmål gibt’s Situationen,
då tuan si Investments lohnen.
I verlåss den wilden Haufen
und geh – an Adventkranz kaufen.

3. MEI ADVENTKALENDER

Text und Musik: Gerhard Blaboll

B
17
D7
G
Es steckt in die an - zel - nen Kas - teln
Vor mir steht a Mann mit an Wa - gerl,
21
D7
G
viel drin, was mir rich - tig guat schmeckt,
der hat nur a Kis - ten mit Bier,
25
D7
G
ver - ziert is mit Ban - deln und Quas - teln,
an Ham - mer, a Hun - der - ter - na - gerl,
29
D7
G
und was si auf'd Hüf - ten an - legt.
sonst nix. Er sagt freund - lich zu mir:

C
33 D A7
Schok - lad, gfüllt mit Nuss und Ro - si - nen,
"Sie wun - dern si sicht - lich, wie spär - lich
37 A7 D
und Dat - teln und Fei - gen da - zua,
i ein - kauf, doch bin i bril - lant:
41 D G7
und Malz - zuk - kerln und Man - da - ri - nen,
Die Kis - ten, die na - gel i ehr - lich
45 D A7 D
von all dem kriag i nie - mals gnua.
bei mir in der Kü - che an'd Wand!

Es habn Ad - vent - ka - len - der vier - a - zwan - zig Kas - teln
Des War - ten auf des Weih-nachts - fest wird durch eam leich - ter,

Ja, mei Ad - vent - ka - len - der hat nur zwan - zig Kas - teln,
Ja, mein Ad - vent - ka - len - der hör i täg - lich plop - pen,

da stek - ken vier - a - zwan - zig kla - ne Freu - den drin.
doch durch die Zuk - kerln gilt des lei - der net für mi,

und die - se zwan - zig Kas - teln, die san al - le gleich.
dann hör i's zi - schen und dann trink i die Mix - tur.

Man kann Ad - vent - ka - len - der kau - fen o - der bas - teln
weil i werd schwe - rer und i hoff, mei Gür - tel reicht a

I möcht mir trotz - dem nie an her - kömm - li - chen bas - teln,
Die schmeckt gran - dios, und selbst den Schluss kann man net top - pen:

und drin san Bü - dln o - der sia - ße Ka - lo - rien.
no bis Sil - ves - ter, falls i des jetzt ü - ber - steh.

weil i hab so viel Freud mit dem, des sag i euch!
Da kriag i so - gar no des Fla - schen - pfand re - tour."

Ablauf: A-A-B-C-D-D-A-A-B-C-D-D

Adventkalender sind ein schöner Brauch, der allerdings noch gar nicht so alt ist: Im frühen 19. Jahrhundert wurde in religiösen Familien jeden Tag im Dezember bis zum Heiligen Abend ein Heiligenbild an die Wand gehängt. War das Haushaltsbudget etwas eingeschränkter, so nahm man von 24 bereitgelegten Strohhalmen jeden Tag einen weg und legte ihn in die Krippe für das Jesuskindlein. Heutzutage sind die Ausgestaltungen des Adventkalenders etwas profaner, aber die Funktion ist gleich geblieben: Die langen, dunklen Abende während der Vorweihnachtszeit werden verkürzt, das Warten auf das große Fest wird erleichtert. Der Fantasie sind bei der Gestaltung des Adventkalenders keine Grenzen gesetzt. Also wirklich keine!

Mei Frau mâcht mir Ende November
a Freud zum Adventzeitbeginn:
Sie bastelt mir einen Kalender
mit vierazwanzg Sâchen darin.

Verkürzt wird auf die Årt des Wårten
auf Weihnâchten. Und des passiert
auf viele verschiedene Årten
von dem, wâs mei Gwicht sabotiert.

Es steckt in die anzelnen Kasteln
viel drin, wâs mir richtig guat schmeckt,
verziert is mit Bandeln und Quasteln,
und wâs si auf d' Hüften anlegt:

Schoklad, gfüllt mit Nuss und Rosinen,
und Dåtteln und Feigen dazua,
und Målzzuckerln und Mandarinen,
von åll dem kriag i niemåls gnua!

Es håbn Adventkalender vierazwanzig Kasteln,
då stecken vierazwanzig klane Freuden drin.
Man kann Adventkalender kaufen oder basteln
und drin san Büdln oder siaße Kalorien.

Des Wårten auf des Weihnåchtsfest wird durch eam leichter,
doch durch die Zuckerln gilt des leider net für mi,
weil i werd schwerer und i hoff, mei Gürtel reicht a
no bis Silvester, fålls i des jetzt übersteh.

Im Herbst werdn die Vorsätz vergessen,
wer wollt ohne Winterspeck sein?
Der Lieblingssport, der haaßt jetzt: Essen!
Und dass des so klåppt, kauf ma ein.

Genau a so is es a heuer:
Mei Wagerl is voll mit Advent.
I håb åll's, wås guat is und teuer
und schlecht für d' Figur und für d' Zähnd.

Vor mir steht a Mann mit an Wagerl,
der håt nur a Kisten mit Bier,
an Hammer, a Hunderternagerl,
sonst nix. Er sågt freundlich zu mir:

„Sie wundern si sichtlich, wie spärlich
i einkauf, doch bin i brillant:
Die Kisten, die någel i ehrlich
bei mir in der Küche an d' Wand!

Jå, mei Adventkalender håt nur zwanzig Kasteln,
und diese zwanzig Kasteln, die san ålle gleich.
I möcht mir trotzdem nie an herkömmlichen basteln,
weil i håb so viel Freud mit dem, des såg i euch!

Jå, mein Adventkalender hör i täglich ploppen,
dann hör i's zischen und dann trink i die Mixtur.
Die schmeckt grandios, und selbst den Schluss kann ma net toppen:
Då kriag i sogår no des Flåschenpfand retour.
Hallo!

BärenBräu

4. DIE BARBARAZWEIGERLN

Barbarazweige sind ein alter Brauch (germanischen Ursprungs), mit dem man im Winter Licht und Farbe in den Alltag bringen will. Dazu schneidet man am 4. Dezember einen Zweig ab, stellt ihn in eine Vase und spätestens am Heiligen Abend sollten die Knospen aufblühen, wenn man der Bauernregel glaubt: „Knospen an St. Barbara, sind zum Christfest Blüten da.“ Wenn's geklappt hat, ist das Glück im neuen Jahr kaum auszuhalten. Bei mir hat's leider nicht geklappt. Na ja, das wär' in meinem Fall vielleicht auch ein Wunder gewesen.

In der Fruah im Radio
sågn sie coram publico
immer Bauernregeln an.
Heut is wås Besonders dran:

„Knospen an St. Barbara,
sind zum Christfest Blüten da.“
Meine Frau sågt glei dazua:
„Meistens trifft, wås die sågn, zua.

Ålso richt ma uns danåch!
Geh in Gårten hintern Båch
und bereit mir doch die Freud,
geh zum Kirschenbaam und schneid

a påår Asteln von dem Baam.
Die stellst dann bei uns daham
in a Vasen, weil blühn s' auf,
håb ma Glück im Jåhr darauf!

I kann's selber nimmer tuan,
håb zu viel um meine Ohrn
und bin eh scho in Verzug:
In zwa Stunden geht mei Zug,

drum muass i jetzt dringend los.
Schatzi, du bist grandios!
Wenn ålls klåppt, dann bin i jå
in sechs Tågen wieder då."

Ohne jede Widerred
ziag i los wia a Komet
und schneid von dem Kirschbaam då
a påår klane Asteln å.

Z'haus will i s' in d' Vasen tuan,
doch ållmählich kommt a Zorn,
weil so viel i då a suach,
nix geht åls a Vasen durch.

Stell i d’ Asteln in a Glås,
pfeifen mir die Asteln wås:
Wie in an Panoptikum
fållln s’ mitsamt dem Glasel um.

Flåschen, die i nehmen will,
taugn åls Vasen a net viel,
weil die Äst kriagst keinesfålls
durch den bleden Flåschenhåls.

Kurz håb i a Weltidee:
Unterm Bett waaß i wås steh,
leicht verschämt und recht diskret,
wås vielleicht åls Vasen geht.

Doch glei drauf wird mir scho klår,
dass des net des Wåhre wår
und net wirklich guat durchdåcht,
weil – wås måch i in der Nåcht?

Gott sei Dank fållt mir dann ei,
es könnt wås im Kühlschrank sei!
I schau nåch und siech scho wås:
Ganz a volles Gurkenglås!

Weil i eh oft Gurkerln kauf,
måch i's ohne Zögern auf,
leg die Gurkerln in a Eck
und leer 's Gurkenwåsser weg.

In dem Glasel stehn die Äst,
wie i sehn kann, bombenfest.
Freudig stell i's mit an Ruck
wiederum in Kühlschrank z'ruck.

Vier Tåg später schau i nåch,
doch die Såche, die wirkt schwåch:
Es geht scheinbår nix voran,
nur die Knospen san hålt dran,

aber går ka Spur von Blüah.
Deswegn såg i glei zu mir:
„Schau ma nåch im Internet,
ob dort net wås Gscheites steht."

I geb „Bauernregel" ei:
„Ålte Weisheit", steht dabei,
„in Verbindung zur Natur".
Drunter steht: „Trifft immer zua."

Und åls Beispiel, eh bekannt,
is die folgende genannt:
„Is' Silvester hell und klår,
is am nächsten Tåg Neujåhr."

Staunend sitz i vorgebeugt
und bin gänzlich überzeugt:
Bauernregeln stimmen wohl
(jedenfålls mit Alkohol).

Aber guat, zu mein' Problem
lies i folgendes Poem:
„Knospen an St. Barbara,
sind zum Christfest Blüten da."

Glei darunter steht notiert,
wås zum tuan is, dass's so wird.
„Au verflixt!", werd i ganz blåss.
Glei nimm i des Gurkenglås,

hol's aus seiner Einsamkeit,
füll's mit feiner Flüssigkeit
und stell's stått in kålten Schrank
auf die wårme Ofenbank.

Wusch, då hätt mei Frau wohl glåcht!
I hoff, dass die Blütenpråcht
von dem Kühlschrank unbeirrt
in die nächsten Tåg wås wird.

Tågs drauf bin i gspannt åls wia!
Glei åls Erstes kontrollier
i, wås si vergang'ne Nåcht
tan håt, bei der Blütenpråcht.

An die Asteln tuat si nix,
des is leider ziemlich fix.
Doch dazua im Widerspruch
merk i klår an Wohlgeruch,

der geht von die Asteln aus
und ziagt si durchs ganze Haus.
Des siech i åls Zeichen an!
San a kane Blüten dran,

soll i doch net sauer murrn,
sondern afåch no wås tuan.
Glei schau i ins Internet,
wås dort gsågt wird gegn des Gfrett.

Und genauso wie vorhin
find i a påår Ezzes drin:
„Schneid di Zweigerln unten ei."
„Steck sie in a Hühnerei."

„Tua di Asterln zårt massiern,
doch pass auf, dass s' net krepiern."
„San die Knospen kålt, dann ghörn
sie geföhnt, dass s' wärmer werdn."

„Schmier die Äst mit Hautkrem ei,
dann werdn s' voll von Blüten sei."
Mit dem Wissen ausstaffiert,
wird des ålles ausprobiert.

Weil die Blüten waarn doch schee
åls Begrüßungskomitee,
wenn mei Frau am Tåg danåch
åbgeårbeitet und schwåch

z'haus kommt und, total verbraucht,
irgendetwås Nettes braucht.
Stündlich is' jetzt, dass i wia
wild die Asteln kontrollier.

Doch i håb des blede Gfühl:
Die tuan net so, wie i will!
Wieder schau i in der Not
in mei Online-Angebot,

ob i net im Labyrinth
irgendetwås Gscheites find:
„Bauernregeln“, „Barbara“,
„Weihnåchtsbräuche“, „Blütenschar“,

irgndwo muass a Hinweis sei!
Und nåch aner Suacherei
von drei Stunden is so weit:
I glaub fåst, die Flüssigkeit

in dem Glås wår duftkausal,
aber sonst net optimal,
weil für'n Weihnåchtsblütenwunsch
Wåsser gscheiter waar – åls Punsch!

Nåchsåtz:
Bauernregeln treffen nur,
wenn sie wirklich stimmen, zua.

5. DIE SCHWERE ZEIT

Ich weiß ja nicht, wie es Ihnen geht, aber ich bin ein „Süßer". Also, das ist bitte im kulinarischen Sinn zu verstehen. Gäbe es mehr solche Menschen wie mich, wären Sachertorten, Punschkrapferln und Topfengolatschen längst auf der Liste der bedrohten Arten. In der Adventzeit stoßen zu ihnen auch noch Vanillekipferln, Rumkugeln, Kokosbusserln, Linzer Augen und, und, und ... Wer wie ich das Glück einer burgenländischen Schwiegermutter hat und von dieser auch noch gemocht und daher verwöhnt wird, wird meine Stimmungsschwankungen verstehen.

Jedes Jåhr zur Weihnåchtszeit
werd i ringsum attackiert.
I bin jederzeit bereit,
wenn mi wo a Keks verführt.

Wo Vanillekipferln san,
Kokosbusserln, Linzer Augn,
Schokokeks mit Marzipan,
dort tuat's mir am meisten taugn!

Kålte Liebe, Schokospeck,
Nougatkugeln – sehr erfreut!
Doch dann kriag i‿'s Gwicht net weg!
I håb's jedes Mål bereut,

dass i jährlich åb Advent
ständig zuanimm, bis Neujåhr,
weil i dauernd essen könnt.
Anerseits is des scho wåhr,

andrerseits is's evident:
Komm i går zu blad daher,
zählt Neujåhr bis zum Advent
für mei Gwicht bedeutend mehr!

6. DIE NIKOLOÜBERRASCHUNG

Krampus und Nikolo sind ein schöner Brauch in unseren Landen. Als Vorbild des Nikolos dient ein großzügiger Bischof aus dem vierten Jahrhundert, Nikolaus von Myra, aus der Nähe des heutigen Antalya. Seit vielen hundert Jahren gedenkt man seiner, indem am Vorabend seines Festtags, also am Krampusabend, dem 5. Dezember, als Nikolo verkleidete Menschen gemeinsam mit einem Krampus von Tür zu Tür ziehen und brave Kinder mit Naschereien belohnen. Weniger brave Kinder werden dagegen bedauerlicherweise vom Krampus mit Rutenhieben oder Kohlen beschenkt. Je nach regionaler Ausprägung und „geistiger Ermutigung“ des Krampus sind dessen Aktivitäten nur oft recht weite Grenzen gesteckt. Interessanterweise war der Brauch während der Inquisition verboten, da sich bei Todesstrafe niemand als teuflische Gestalt verkleiden durfte. In bestimmten Situationen denke ich mir, dass dieses Verbot auch seine Vorteile hatte. Wenn in manchen Dörfern Frauen am Krampusabend es weder wagen, fortzugehen, noch, die Wohnungstür aufzumachen, könnte man schon überlegen, ob da des Bösen nicht zu viel getan wird. Aber selbst bei weniger wilden Krampusaktionen kann es vorkommen, dass die braven Kinder nicht unbedingt belohnt werden, wie in der folgenden Geschichte.

Wie jedes Jåhr im Frühadvent
verkleid i mi åls Nikolo.
So komm i mit mein Krampus grennt
und måch die klanen Kinder froh.

I schmeiß mi in die rote Wäsch,
an Zubehör wird då net gspårt:
a Bischofmützerl, groß und fesch,
a Såck, a Stock, a weißer Bårt.

Mei Stammwirt hålt åls Krampus her.
Sei Buttn is a Ungetüm!
Er selbst is schiach, echt a Malheur,
doch dadurch spårt er am Kostüm!

Sei Frau måcht guate Hausmannskost,
fürs Åltersheim kocht die sogår!
(Weil's reichlich is und net vü kost.)
Doch er – is mehr a klaner Nårr.

Vor uns liegt heut a langer Tåg
für d' Nikolo- und Krampustour,
denn die Bezåhlung is ka Fråg:
Mei Leber håt an Wåschtåg vor.

Wir fangen bei die Klanen an:
In Kindergårten gemma heut.
Die Klansten san åls Erste dran
und die håbn a die meiste Freud.

Treffpunkt wår elf, am Pissoir,
doch i steh ganz verlåssen då.
Es is hålb zwölf, i bin allaa,
mehr Eremit åls Nikolo.

I waaß net, wo mei Krampus bleibt!
So wie i'n einschätz, fürcht i fåst,
dass er si umeinandertreibt,
weil er is oft sei bester Gåst.

I hoff, die Kinder gengan net,
bevor wir aufkreuzt san, scho z'haus.
Doch solo bin i net komplett
åls „Krampus und der Nikolaus"!

Na endlich! Zwölfe is's, mei Wirt
wankt serpentinenmäßig her.
Er wirkt enorm illuminiert,
sei Zungen is wie d' Buttn schwer.

„Komm, påck ma's", såg i ohne Huld,
„die Kinder wårten sicher scho
den ganzen Tåg voll Ungeduld
am Krampus und am Nikolo!"

Und wirklich wåhr, kaum pumpern wir
zu zweit beim Kindergårten laut
und deutlich an die Eingangstür,
wird scho bei‿d' Fenster außegschaut.

Die Kinder rennen durcheinand,
die Äugerln leuchten ausdrucksvoll,
sie spieln Verstecken, bei der Tant,
und schaun von dort erwårtungsvoll.

Der Krampus steht net wirklich gråd.
Er wåckelt eher hin und her.
Und miachteln tuat der! Nåch Spinåt
und Kraut und Wein und Schnåpsverzehr,

kurzum: Er stinkt nåch Beislmief,
net kindergårtenadäquat!
Sei Masken sitzt eam ziemlich schief,
dem wår heut eindeutig net fad.

Die Kinder stengan umeinand
und hålten, wås‿d’ verstehen kannst,
an deutlichen Respektåbstand.
Sie håbn wohl doch a wengerl Angst.

Drum fang i mit mein Sprücherl an,
wer brav wår und wer eher schlimm,
worauf i aus der Buttn dann
die Nikologeschenke nimm.

I waaß, in dera Buttn san
Aschantinüss und Schokolad,
Nüss, Mandarinen, Marzipan,
und zwår in Sackerln, obligat.

Doch dermål, stell i staunend fest,
san in der Buttn kane Säck!
Die is a Plastikdosennest,
a keimfreies Geschenkversteck!

I nimm a Dosen und druck‿s’ gschwind
an braven Mäderl in die Hand.
Es schaut ganz groß, des liabe Kind,
und steht verschüchtert umeinand.

Die Tante möcht's glei motiviern
und sågt zu eam: „Måch d' Dosen auf!
Wås drin is, kannst dann glei probiern,
doch iss net ålls auf amål auf!"

Des Mäderl schaut voll Freud auf mi
und tuat ganz scheu den Deckel weg.
Sofort riacht's auße, aber wie!
„Bäh! Krautfleckerln!", ruaf i voll Schreck.

„Wås, echt?", sågt då der Krampus. „Au,
wenn i mir des zusammenreim,
dann steht vermutlich jetzt mei Frau
mit der Schoklad im Åltersheim!"

7. ES WIRD SCHO GLEI DUMPA

Tiroler Volksweise
Bearb.: Gerhard Blaboll

„Es wird scho glei dumpa" ist eines der schönsten Adventlieder für mich. Eigentlich wollte ich das Tirolerische ins Ostösterreichische übersetzen und einen idyllisch-heimeligen Text dazu schreiben. Aber dann stellte ein Freund fest, dass der Titel „Es wird scho glei dumpa" das Motto von einigen unserer Volksvertreter sein könnte, weil er ja so etwas wie das Gegenteil ist von: „Mir geht ein Licht auf." Diese Feststellung finde ich sachlich überhaupt nicht gerechtfertigt, denn ich finde die Weitsicht mancher Volksvertreter bewundernswert. Wir müssen vor dem Wildwuchs an innerstädtischen Nahversorgern ebenso geschützt werden wie vor Punschständen auf dem Stephansplatz oder vor Veranstaltungslokalen, die abends mit dem Auto erreichbar sind. Wenn wir uns sehr, sehr anstrengen, können wir erkennen, wie gut es manche Kommunalpolitiker mit uns meinen. Aber, wie gesagt, da muss man sich schon wirklich sehr anstrengen!

Es wird scho glei dumpa, es wird scho viel glåcht!
Bin froh, dass am Stephansplåtz ka Punschstand aufmåcht.
Weil wann i im Vollrausch auf dem Stephansplåtz lieg,
versperrt mir des Standl net am Steffl den Blick.
Doch zum Glück, doch zum Glück,
schützt uns davor die Politik!

Es wird scho glei dumpa, es wird scho viel glåcht!
I zåhl brav mein Kurzparkschein bis zehne auf d' Nåcht.
Durch so a Schikane fühl i mi net gequält.
I wüsst jå ansonsten net, wohin mit mein Geld.
Doch zum Glück, doch zum Glück,
schützt uns davor die Politik!

Es wird scho glei dumpa, es wird scho viel glåcht!
Am Stådtrand baun s' Shopping-Malls, viel mehr åls ma braucht.
Zum Gschäft an der Ecken könnt i locker z' Fuaß gehn,
doch wird ma durch Kurzdistanzen höchstens bequem.
Doch zum Glück, doch zum Glück,
schützt uns davor die Politik!

8. DER SPENDENMARATHON

Oft wird uns Österreichern nachgesagt, dass wir mehr an uns selbst denken als an Bedürftige. Das ist natürlich eine vollkommen haltlose Unterstellung, wie die alljährlichen Spendenrekorde belegen. Karitative Organisationen haben das längst erkannt. Mit den ausgetüfteltsten Tricks gelingt es ihnen, an unsere Spendenbereitschaft zu appellieren. Dass wir dabei vielerlei Risiken auf uns nehmen, um unserer Spendenwilligkeit nachgehen zu können, unterstreicht unsere mildtätige Grundeinstellung. Denn: Spenden ist das halbe Leben. Eben!

„Hearst, måchst mit?“, frågt mei Kollege.
„Nåch der Årbeit gemma heut
auf karitative Wege.
Es is wieder Spendenzeit.“

„Echt? Für wen wolln wir denn spenden?
Geht denn irgndwer in Pension?
Tuat leicht wer sein Job beenden?
Håt wer a Operation?“

„Aber geh, du åltes Scherzkeks!
Wir spaziern von Stand zu Stand
und erhebn an Standl-Index.
So human san wir beinand!

Samariter, edelmütig,
opferwillig und sozial,
richtiggehend spendenwütig,
mildtätig und voll Moral!“

Jetzt kapier i: „Keine Fråge,
logisch spend i mit euch mit,
weil ma zu oft heutzutåge
eh die Not mit Füßen tritt.“

Kaum is‿d’ Årbeitszeit vorüber,
måchen wir zu viert an Plan
(weil zu mehrt mächt ma des lieber)
und die Spendentour fangt an.

Draußen is es ziemlich eisig,
uns is in die Zechen kålt.
Dagegn hilft nur, wenn ma fleißig
spenden tuat, und möglichst båld.

Los geht’s in der Wiedner Hauptstråß,
weil dort is vorm Roten Kreuz
jedes Jåhr a Riesenpunschfåss,
des bewirkt an Spendenreiz.

Denn gegn a påår Euro Spende
für an wohltätigen Zweck
schenkt die Kellnerin behände
mir an Punsch ein, den i schmeck,

und mir denk: „Na, so besonders
schmeckt der Punsch jå heuer net!
Vielleicht schmeckt der nächste anders?“
Darum hol i a Tablett

für uns vier mit aner Runde
Turbopunsch. Und wirklich wåhr,
schmeckt nåch aner Viertelstunde
der so guat wie vorigs Jåhr.

Langsam wird die Kälten leichter
und wir taun von innen auf.
Dass des so wird, dazu reicht a
dritte Spende glei darauf.

Wir gehn z’ Fuaß bis hinter d’ Oper,
weil dort steht der Lions Club,
der gibt an die Standl-Hopper
Himbeerpunsch gegn Spenden åb.

Dazu gibt's Vanillekipfeln,
selbstverständlich hausgemåcht,
die liegn aufgehäuft zu Gipfeln –
eine wåhre Augenpråcht!

Leider san‿s' nur hårt und knackig.
Trotzdem spenden wir då oft,
weil der Himbeerpunsch is gschmackig,
ziemlich fruchtig, fåst wie Såft.

Nebn uns stehn zwa Rechtsanwälte,
ohne Mantel und Sakko.
Offenbår is a die Kälte
jetzt net mehr wie vorher no,

denn a uns is jetzt scho wärmer,
ganz der Jåhreszeit zum Trotz.
Mit an weitren Spenderwärmer
gehn wir Richtung Stephansplåtz.

Dort wird für den Steffl gspendet,
der ghört dringend renoviert.
Dass der net åls Åbriss endet,
spenden wir ambitioniert,

trinken mehrmåls – mehr aus Anstand –
ein Geschloder von an Punsch
und verlåssen diesen Punschstand,
so der einhellige Wunsch.

Mit der U-Bahn geht es weiter,
weil es is am Råthausplåtz
Licht ins Dunkel und a zweiter
Punschstand mit an Rumersåtz.

Licht ins Dunkel is wås Klasses,
die san echt karitativ.
Ålls, wås ma dort für a haaßes
Gsöff gibt, hilft definitiv.

Drum zåhl i die nächste Runde.
Fröhlich wird herumgeschwätzt
und mit fortschreitender Stunde
wird mir haaßer åls zuletzt.

Wie geküsst von der Tarantel
fåhr i aus mein Übergwand
und häng schwitzend meinen Mantel
seitlich an die Punschstandwand.

Immerhin håb i darunter
eh mei Sakkl a no an.
Des reicht locker, und mitunter
kommt des Sakkl a no dran.

Und wir trinken und wir spenden,
denn wir wissen absolut:
Nur im Himmel kann ma enden,
wenn ma so viel Gutes tut!

Spenden is des hålbe Leben:
Nebn uns steht a Idiot
und der spendet uns soeben,
wås er vorher trunken håt.

Ålso ziehn wir auf die Freyung,
wo am Plåtz vorm Schottenstift
ålles andre åls Kasteiung
auf den edlen Spender trifft.

„Punsch vom Integra-ti-onshaus“,
gegn a Spende, sowieso,
schenken sie an Glühweinpunsch aus.
Deshålb san ma schließlich då.

A net schlecht, doch kriag i Hitzen
auf des Wasserl. Apropos,
irgndwås muass i tuan gegn‿’s Schwitzen,
drum schlupf i aus mein Sakko.

Irgndwie is die Erderwärmung
heute Åbend ziemlich stårk!
Trotz meiner Sakkoentfernung
schwitz i weiter – is des årg?

Aner sågt: „Kommts, ziag ma weiter,
weil dort vorn, am Plåtz Am Hof,
steht von Radio Wien a gscheiter
Punschstand mit an klassen Stoff.“

Ålso guat, wir ziehn hinüber.
Dort schockt uns der Punschstandwirt:
„Nur no Kinderpunsch is über.“
Wir san sichtlich irritiert,

wandern weiter, weil am Gråben
stehn die Kiwanis herum,
die verkaufen, tuan‿s’ geloben,
für die Kinder Punsch mit Rum.

Also net der Rum für‿d' Kinder!
Sondern sie verwenden den
Reinerlös für junge Inder,
weshålb wir jå spenden gehn.

Nebn uns stehn drei junge Damen
mit an leichten Damenspitz.
Die frågn uns nach unsren Namen
und brülln los wie nåch an Witz.

Dann frågn‿s' ohne a Genieren,
ob wir Kavaliere san
und ihnen an Punsch spendieren,
danåch würd ma momentan

jeder glei drei Busserln kriegen.
Irgndwie klingt des ziemlich keck,
doch wir låssen uns besiegen –
Es is zu an guten Zweck!

Aner von uns nimmt die Runde
und er zückt sei Portemonnaie.
I bin båld in åller Munde,
weil i nur im Hemd dåsteh.

Nåch der nächsten Runde Fusel,
gspür i einen stårken Druck,
weshålb i zum Topferl wusel.
Mühsam hålt i ålles z’ruck,

wås si in den letzten Stunden
durch den Spendenmarathon
håt in meiner Blåsen gfunden:
A liquide Munition!

Zu der Gråben-Klotür åbe
geht’s jå gschwind, doch dort hör i:
„Hearn Sie, die Urinåbgåbe
kost an Euro. Håbn‿S’ an mit?“

I såg: „Låssen‿S’ mi gschwind eine,
i zåhl nåchher, Ehrenwort!“
Doch i hör: „Des geht net eine!
Z’erst tuan‿S’ pinkeln, dann san‿S’ fort!

Nix då! Reibn‿S’ den Euro uma
oder måchen‿S’ då an Plåtz
und schaun‿S’ zua, dass weiterkummen!“ –
„Bitte!“, såg i, „åls Ersåtz

nehmen S' då des Häferl, und dann
gebn Sie mir zwa Euro z'ruck,
weil då drauf drei Euro Pfand san.
I håb wirklich echt an Druck!“

Des empört die nette Dame
und sie sågt: „Drei Euro Pfand?
Då håb i a echt humane
Weltidee: Gehn S' z'ruck zum Stand

und danåch, dann kommen S' wieder,
mit an Kapitalnåchweis,
wenn S' no wolln, Sie Safensiader.
Pinkeln håt hålt a sein Preis!“

I gspür, lange Diskussionen
låsst mei Blåsen nimmer zua.
Drum såg i: „Tuan S' mi verschonen,
Sie mit Ihrer Mitleidstour.

Då habn S' scho mei Häferl, bitte!“
Sie sågt: „Ålso, ausnahmsweis“,
und grinst ganz nåch Klofraun-Sitte:
„Damit håb i heut scho dreißg!“

9. DIE KERZENVIELFÅLT

Kerzen haben ja an sich das ganze Jahr Saison. Zu kaum einer Jahreszeit aber sind sie so aktuell wie zur Weihnachtszeit. Ich kann über die Formenvielfalt und den Farbenreichtum der Kerzen, die auf den Christkindlmärkten angeboten werden, und über den Ideenreichtum der Kerzenhersteller nur staunen.

Es
gibt
viele
Årten
Kerzen:
Duftkerzen,
Honigkerzen,
Engelskerzen,
Herzerlkerzen,
Wunderkerzen,
Teelichterkerzen,
Christbaamkerzen,
Adventkranzkerzen,
es gibt ganze Türme von Kerzen …

Die Teufeln verruaßen mir die ganze Wohnung!

10. DIE VANILLEKIPFERLN

Vanillekipferln – Traum meines Gaumens und Alptraum meines Speckgürtels! Unbestrittene Könige der Weihnachtsbäckereien! Wer es schafft, sie so mürb zu machen, dass sie mit der Zunge zerdrückt werden können und danach im Mund einen zarten Nachgeschmack nach Nüssen und Vanille hinterlassen, der kann sich getrost zu den Besten der Weihnachtsbäcker zählen. Man braucht nicht nur ein gutes Rezept und gute Zutaten, sondern viel Können, Liebe und vor allem lange Erfahrung, um sie wirklich perfekt werden zu lassen. Sie sehen schon, ich bin ein Vanillekipferlspezialist, zumindest was das Essen derselben betrifft.

Båld is sie då, die Stille Nåcht.
Heut möcht i's erstmåls ausprobiern,
wie ma Vanillekipferln mācht,
weil s' meine Gäst gern schnabuliern.

Nåch einem ålten Backrezept
håb i mir ålls zurechtgelegt,
håb systematisch nåch Konzept
wås eine ghört, in d' Küche glegt.

A Viertel Mehl is’s, wås i nimm,
a Eigelb, oder zwa, nåch Wunsch,
zehn Deka Mandeln, fein geriebn,
und außerdem a Flåschen Punsch.

A wås, a Punsch? Original?
Ah, der steht zufällig danebn!
Na jå, i kost auf jeden Fåll,
drum muass i glei a Glaserl hebn.

Aah! Guat! Na, weiter geht’s im Takt,
Vanillezucker brauch i zwa,
zwanzg Deka Butter, åbgehakt.
Åcht Deka Zucker brauch i a,

und Sålz – wo ist des Sålz jetzt hin?
Des wår doch gråde ebn no då!
Kann’s sein, dass i scho deppert bin?
Des Mehl, der Punsch – jå, apropos!

Die Flåschen Punsch, i nimm‿s’, i hålt‿s’.
I gspür, der Punsch tuat mi verführn!
Aah, herrlich fruchtig! Jö, des Sålz!
Då steht’s und tuat si går net rührn!

Na guat, jetzt gemma’s ålso an,
ganz nåch Rezept: Des haaßt, i knet
an mürben Taag, doch irgendwann
werd i verzweifelt, weil des geht

net ganz so simpel, wie es klingt.
Der Taag hålt afåch net beinand!
Des scheint mir materialbedingt,
weil ålles bröckelt durcheinand.

Då kann i kneten, wås i will,
analysier i mit der Zeit,
der is so trocken, des is z’‿vü!
Der Taag, der braucht a Flüssigkeit!

Wo nimm i die jetzt wieder her?
Na, so a Fråg, då håb ma‿s’ scho!
I nimm den Punsch, des is net schwer!
Die Flåschen steht jå eh scho då!

Zur Sicherheit nimm i an Schluck,
bevor i‿’n über’n Taag vergiaß.
Uuups, des wår z’‿vü! In‿d’ Flåschen z’ruck
geht’s nimmer. Jetzt brauch i an Griaß,

weil des sågt mir mei Hausverstand:
Durch ållzu vü an Flüssigkeit
is d’ Konsistenz zu feucht beinand –
i brauch a Schauferl Trockenheit!

I nimm an Griaß, i nimm a Mehl,
und no a påår Mål wås vom Punsch,
hintereinander, parallel,
und irgndwann geht’s dann ganz nåch Wunsch:

Båld staubt nix mehr, es geht ganz leicht,
fürs Kneten wår der Punsch mei Glück!
Der Taag is påtzig und durchweicht,
dass i bis hin zu d’ Ellbogn pick.

I wåsch mir d’ Händ – der Punsch is guat,
den muass i mieder wir besorgn!
A Schluckerl nur – wie guat des tuat!
Die Kapferln werdn scho no bis morgn!

Jetzt muass der Taag no råsten geh,
a Sschtund in Kühlsschrank, laut Rezept.
Oder a Tåg? Herrjemine,
i glaub, i bin gehandicapt!

Na guat, den Faag tüll i jetzt ei
in a Sschtannitzel oder so.
Is des a blöde Påtzerei,
der Taag rinnt mir beinåh davo'!

Moment, der Punssch, wås wår mit dem?
I zünd amål den Kühlsschrank an.
Na geh, des is mir unbequem,
då is ka Anzschündsschålter dran!

I koscht den Taag – jå, då sschau her!
Der sschmeckt jå scho echt a net sschlecht!
Då brauch i kane Kipfler mehr,
der isch mir aromatissch recht!

Der Taag isch schooo von Ggsschmåcken voll,
desch isch von‿d' Mandeln der Effekkt.
Für wåsch i den no båcken scholl?
Der sschmeckt jå scho sscho ganz perfekkt!

Die Kipferln brennen höchschtensch an,
doch scho, scho sschmecken‿sch' ganzsch nåch Wunssch.
I nnimm an Llöfffel und fang annn.
Und nåchher – koscht i dann den Punssch!

11. WAASST NO, WIA DES WÅR?

Je länger wir auf der Welt sein dürfen, umso öfter hören wir bei Zusammentreffen Sätze wie: „Kannst di no erinnern?“ oder „Waaßt no, wia des wår?“ Es ist die Erinnerung an eine Zeit der Geborgenheit, in der es entweder auf Fragen einfache Antworten gab oder man sie als unverständliche Rätsel akzeptieren konnte. Es ist die Erinnerung an eine Zeit mit klaren – wenn auch manchmal als ungerecht empfundenen – Regeln, an eine Zeit, in der dunkelblau noch dunkelblau war und nicht ultramarinblau, saphirblau, azurblau, kobaltblau, nachtblau oder enzianblau. Es ist die Erinnerung an eine Zeit der Arglosigkeit, der Unbedarftheit, der relativen Sorglosigkeit, an eine Zeit, in der es so unendlich viel zu entdecken und zu erkunden gab. Es ist die Erinnerung an die Jugend, genauer gesagt, an die frühe Jugend. Wenn auch Wehmut nicht am Platz ist, so hat uns diese Zeit doch sehr geprägt und wir sollten uns ab und zu an sie erinnern dürfen, ohne deshalb als unverbesserlich sentimental schief angesehen zu werden. Denn es war für die meisten von uns eine sehr schöne Zeit, ganz besonders im Winter.

Waaßt no, wia des wår?
Dem Christkind bei der Årbeit helfen,
so wie die Engerln und die Elfen,
so dass ma's überråscht.
Bei Kerzenschein die Schokostückeln
in bunte Påckpapierln wickeln
und hamlich wird ans gnåscht?
Waaßt no, wia des wår?

Waaßt no, wia des wår?
Im Herbst die Åpfelkernderln sammeln
und in die Zündholzschachterln rammeln,
für d' Vogerln draußd im Wåld.
Und dann für d' Amseln und für d' Meiseln
sie deponiern in d' Vogelhäuseln,
sonst is den Vogerln z' kålt.
Waaßt no, wia des wår?

Waaßt no, wia des wår?
Aus Jux mit ålte Bådeschlapfen
durch stille Neuschneewegerln stapfen,
den Schnee bis fåst zum Bauch.
Si gfreun, siecht irgndwer wo an Zåpfen
vom Hausdåch auf'n Boden tropfen
und auf'n Hetscherlstrauch.
Waaßt no, wia des wår?

Waaßt no, wia des wår?
Zuållererst die Wålnuss knacken
und danåch reibn fürs Keksebåcken,
die’s dann am Christtåg gibt.
Den Taag berührn beim Keksausstechen,
net kosten, ohne widersprechen,
weil der den Mågn verpickt.
Waaßt no, wia des wår?

Waaßt no, wia des wår?
Im Hof auf aner Glåtteisrutschen
begeistert umeinanderflutschen,
voll Freud und voll Bravour.
Den Eltern davon nix verråten,
net ahnend: Die habn’s zwar verboten,
doch schaun‿s’ durchs Fenster zua.
Waaßt no, wia des wår?

Waaßt no, wia des wår?
Dem Schneemann mit zwa Tannenasteln
zwa grüne Segelohren basteln,
und manchmål sogår drei.
Und dann, am ersten wärmern Tagerl
eam zuaschaun, wie er schmilzt ums Magerl,
und dabei traurig sei.
Waaßt no, wia des wår?

Waaßt no, wia des wår?
Gemeinsam mit die andern wårten,
bis‿’s Christkind kommt, wie ållerorten,
doch des kommt net daher!
Und endlich, fåst nåch Ewigkeiten,
hört ma’s im Nebenzimmer läuten
und waaß, jetzt schaut’s gråd her.
Waaßt no, wia des wår?

12. OH DU ÖLIGE, OH DU MEHLIGE

Sizilianische Volksweise
Bearb.: Gerhard Blaboll

Oh du ölige, oh du mehlige,
Gaben bringende Weihnåchtszeit!
Weil ma ausgehungert san,
tråg i so vü Essen ham.
Freue, freue dich, Enthaltsamkeit!

Oh du ölige, oh du mehlige,
Gaben bringende Weihnåchtszeit!
Marzipan und Kokosett
sorgen für mei Wohlstandsfett.
Freue, freue dich, Enthaltsamkeit!

Oh du ölige, oh du mehlige,
Gaben bringende Weihnåchtszeit!
's Gwicht geht net verloren,
mir staubt's aus den Ohren.
Freue, freue dich, Enthaltsamkeit!

Oh du ölige, oh du mehlige,
Gaben bringende Weihnåchtszeit!
Karpfen, Schinken, Weihnåchtskeks
bremsen mi beim – Weihnåchtssex.
Freue, freue dich, Enthaltsamkeit!

13. DIE BUTTERKEKS

Mit Geschenken ist das so eine Sache. Schwierig, schwierig! Denn nicht immer machen Geschenke wirklich Freude und doch erwarten Schenkende oft, dass man spontan aufrichtige Freude zeigt. Ja, aber was ist, wenn man sich nicht freut? Soll man dann so tun, als ob? Soll man ehrlich sein oder doch lieber höflich? Haben wir, wenn wir Geschenke bekommen, nicht vielleicht auch manchmal zu hohe Erwartungen und sehen nicht so sehr den Akt des Schenkens selbst als etwas Schönes an? Manchmal sehne ich mich nach der Arglosigkeit und Unbekümmertheit zurück, die ich als junger Mensch hatte. Ob ich auch damals so viel Wert auf bestimmte Eigenschaften bei Geschenken gelegt habe? Mich hat eine Dose Butterkeks wieder ein bisschen von meinen Ansprüchen heruntergeholt. Wie das? Lesen Sie selbst.

PS: Für die Leser unter Ihnen, die gerne aus meinen Büchern vortragen: Das ist eine unterschiedlich einsetzbare Geschichte. Je nachdem, ob Sie die letzten vier Blöcke weglassen oder nicht, haben Sie zwei verschiedene Geschichten mit völlig anderen Aussagen. Na, das sehen Sie aber auch ohne mein PS.

Mei Onkel, der vor a påår Jåhr
mit seiner Frau in London wår,
der håt mir dort vom Duty free
wås mitgebråcht. Der schaut auf mi!
Sei Mitbringsel von unterwegs:
originale Butterkeks,
in aner roten Dosen drin,
åls eleganter Zugewinn.

Ganz åls ob es aus Irrtum waar,
pickt unten, wie åls Kommentar,
a Pickerl drauf. I schau und gneiß:
Zwanzg Pfund wår für die Keks der Preis.
„Na servas“, denk i überråscht,
„dort kommt’s an teuer, wenn ma nåscht!
Zwanzg Pfund – dreißg Euro! Echt absurd!
Die schmecken sicher extra guat!“

I dank vielmåls, und kaum daham,
zeig i die Dosen mitteilsam
glei meiner angetrauten Frau.
Die schaut kurz und sågt: „Schau genau,
wås auf dem Pickerl oben steht,
weil teuer wårn die Keks då net!“
I måch des und siech, sapperlot,
die wårn im Sonderangebot!

Ganz kla siech i am Pickerl stehn:
„Take twelve and pay the price of ten!“
„Schlawiner!“, ruaf i aufgeregt.
„Der Onkel håt mi eineglegt!
Des Pickerl då is der Beweis:
Zwa fünfzig wår der Dosenpreis!“
Doch wann des bei mir einegeht,
kann’s sein, dass’s no wer net versteht.

Und weil i bei der Nåchbarin
am Tåg drauf eingelåden bin,
bring i ihr stått an Blåttgewächs
die Dosen mit die Butterkeks.
Kaum håb i s’ auf a Kastl gstellt,
mei Gåstgeschenk für wenig Geld,
fållt s’ åbe und des Dosenblech
håt glei an Depscher. So a Pech!

„Des måcht nix!“, sågt mei Nåchbarin,
„die Keks in dera Dosen drin,
die werdn den Tåg net überlebn.
Der Depscher då is ka Problem.“
Dann siecht s’ den Preis und sågt graziös:
„Du bist scho wieder generös.
Des is net nötig, des waaßt eh?“
Då såg i drauf mit’n Anserschmäh:

„Des is doch net der Rede wert.
A jeder kriagt, wås ihm gehört.“
Drauf wird sie im Gesicht ganz rot
und stellt die Dosen in a Låd.
Sie sågt: „Ihr zwa, du und dei Frau,
Ihr tuats euch immer so vü an!“
Ihr Freud über mei Kekspräsent
is sichtlich groß und evident.

Drei Wochen später kommt a Freund
vom Urlaub z’ruck, erholt, gebräunt,
und deshålb treff ma uns bei mir
zum Tråtschen und auf an, zwa Bier.
Er sågt: „I håb a Reise gmåcht
und håb dir då wås mitgebråcht.
I waaß, du bist a siaßa Bua
und kriagst von so wås niemåls gnua.“

Dann druckt er mir ganz unverwandt
a rote Dosen in die Hand.
I nimm‿s’ und bin glei ganz perplex:
Des san jå meine Butterkeks!
Die Dosen håt an Depscher drin,
a Pickerl deut auf Luxus hin,
doch unterm Preis kann i kla sehn:
„Take twelve and pay the price of ten!“

Zwa Wochen später, im Büro,
sågt wer zu mir: „Hearst, apropos,
der Wåchhund aus der Direktion
geht in an Monat in Pension.
Des feiert sie mit ålle Leut.
Kommst a hin oder håst ka Zeit?“ –
„Na sowieso“, tua i gelobn,
„dass wir die endlich anbråcht håbn,

des müass ma feiern, wie si’s ghört.
Des is mir a Geschenkerl wert.“
I denk im Stillen so bei mir,
die kriagt a Åbschiedssouvenir
für ihr Figur, die ålte Hex:
Die Dosen mit die Butterkeks!
Und wirklich, nåch vier Wochen bloß
bin i die Dosen endlich los.

Drei Monat später feier i
Geburtståg mit der Schmähpartie.
Die Gäste bringen meist wås mit.
Erfreut såg i: „Nur her damit.“
Und so gschwind kann i går net schaun,
druckt ane von die Nåchbarsfraun
mir eine Dosen in die Hand,
die ist mir äußerst guat bekannt.

Woran i die spontan erkenn?
„Take twelve and pay the price of ten!"
Sie sågt: „Ma kann's von übråll hörn,
du håst jå Butterkeks so gern.
Drum håb i dir die Dosen bråcht
und hoff, dass sie dir Freude mächt.
Der Depscher då mächt eh nix aus?
Die Dosen hålt des locker aus!

Gråd vorhin is s' ma åbegfålln,
wie i sie dir håb geben wolln."
I denk für mi: „I hör scho schwer!
Die redt an Powidl daher!
Der Depscher is sechs Monat ålt
und wird vom Rost scho überrollt.
Die Nåchbarin is echt ka Schmårrn!
A Chuzpe håt die – unverfrorn!"

Doch spiel i a mit bei dem Gspiel
und såg: „Geh na, des is doch z' vü!"
Då sågt s': „Der Preis is zwår absurd,
die Keks san aber wirklich guat!
Und du stehst eh so sehr auf die."
I fråg mi: „Mant die wirklich mi?"
Mir scheint fåst, mei Bekanntenkreis,
der überschätzt mein' Keksverschleiß.

„Die Keks“, so såg i vor mi hi,
„die kommen mehr herum åls i!“
Beim Pickerl mit dem Preisbetråg
is no ans mit dem Åblauftåg.
Und wie i schau, erkenn i, der
is a scho a påår Wochen her.
Damit i‿s’ weiterschenken kann,
pack i’s mit Raffinesse an:

Im Kühlschrank steht a Glasl drin,
des håt jetzt no an zweiten Sinn:
Des Pickerl drauf, mit’n Åblauftåg,
des kletzel i vom Glåsverschlåg.
Dann pick i’s, ohne Schuldkomplex,
auf meine ålten Butterkeks
und die stell i zum Kirchentor
für’n nächsten Flohmårkt in der Pfårr!

Zwa Wochen später gfreu i mi:
Mei Nichte kommt. I steh auf sie!
Die Julia, Sie kennen‿s’ eh,
kommt regelmäßig zum Kaffee.
Sie håt seit kurzem an Galan
und der Galan haaßt Julian.
Kaum san‿s’ durch unser Eingangstür,
gibt er uns, ganz åls Kavalier,

a Dosen, die i eh scho kenn:
„Take twelve and pay the price of ten!"
Die Dosen håt im Mezzanin
an riesengroßen Depscher drin.
Der Julian deut' auf den hi:
„Die Keks wårn deswegn a Mezzie!
Die Dosen håt wås åbgekriagt,
doch i håb‿d' Keks spottbillig kriagt!

Normal dreißg Euro! I zåhl sechs
für diese tollen Butterkeks!"
Die Julia schaut zu eam auf,
bewundert eam für diesen Kauf.
Sie stråhlt: „So tüchtig, wie du bist,
is net amål a Spezialist!
Wann mir amål verheirat san,
trau i dir unser Konto an."

Mein Gott, wås san die zwa no jung!
Des weckt in mir Erinnerung.
So ahnungslos – wie is des schee!
Då bringt mei Frau gråd den Kaffee,
und i måch in an schnelln Reflex –
die Dosen auf, mit‿d' Butterkeks.
Bei so vü Zutraun pfeif i drauf:
Jetzt ess ma‿d' Keks gemeinsam auf!

14. DIE WEIHNÅCHTSFLUCHT

Zur Weihnachtszeit haben Flüchtlinge und Herbergssuchende ja seit über 2.000 Jahren Tradition. In den letzten Jahren ist aber mit steigendem Bevölkerungswohlstand einerseits und immer ausgefeilteren Geschäftsmethoden andererseits die Zahl der Weihnachtsverweigerer gestiegen, die sich freiwillig auf Flucht und Herbergssuche begeben: auf die Flucht vor dem Weihnachtsrummel. Und irgendwie ist das ja auch verständlich, wenn man bereits ab Anfang Oktober in den Geschäften Christbaumbehang zu kaufen bekommt und nur einen Monat später allerorten die kollektive Bedudelung durch – noch dazu vorzugsweise angloamerikanische – weihnachtliche Melodien einsetzt. Also, nix wie weg und ab auf die Weihnachtsflucht!

Weihnåchtszeit!
Wann i des scho hör!
I merk, i vertråg den ganzen
Wirbel nimmermehr!

Rings um mi
geht's ganz hektisch zua.
Jeder, den i siech, is gråd auf
Punsch- und Einkaufstour.

Ålle Leut
tschechern wie net gscheit.
Ganz åls ob sie Weihnåchten åls
nüchterner net gfreut.

Und des Fest?
A net mehr, wås's wår!
Kommerziell und unromantisch,
nimmer wunderbår!

Überåll
spieln sie penetrant
„Jingle Bells“ und „Santa Claus“ und
„Winter Wonderland“.

Ganz, åls ob
wir nix eignes håbn,
hör i Rudolfs Rentiersong åls
Einheitsbrei von obn!

Höhepunkt
von mein Weihnåchtszorn:
Wås håbn åll die Weihnåchtsmänner
då in Wean verlorn?

Muass des sei?
In ihrm roten Gwand
stengan die in jeder Einkaufs-
stråßen umeinand!

Des is doch
beinåh scho a Hohn!
Die håbn doch in unsre Breiten
går ka Tradition!

Wer des kennt,
der wird mi versteh.
I håb heuer wirklich gnua,
drum håb i a Idee:

Ganz weit fort!
Nix wie weg von då!
I hau mit die meinigen in'n
Weihnåchtsurlaub å!

Vierzehn Tåg
auf a Insel fåhrn!
Nix mehr hörn und nix mehr sehn von
åll die Weihnåchtsnårrn!

Teuer is's,
doch wås is scho Geld?
I nimm an Kredit auf für die
Flucht aus dera Welt.

Åtem holn,
des is mir wås wert!
Vierzehn Tåg, in denen mi ka
Weihnåchtsmandel stört!

Gott sei Dank,
endlich ganz weit weg!
Teneriffa is und bleibt a
grandioser Fleck.

Sonne, Meer,
wunderbårer Strand,
tausend Leut mit Stroh am Kopf und
mit an Sonnenbrand.

Die Musik:
rhythmisch cooler Jazz.
Net a Spur von Weihnåchtsmusi
und von Einkaufsstress.

Am Buffet:
Ålles exquisit!
Jeder nimmt vom Frühstück no a
Jausensackerl mit.

Meiner Seel,
i fühl mi relaxed!
Scho am zweiten Tåg bin i vom
Inselflair verhext.

Dreißig Grad
håt's heut då am Strand!
Då siech i den Barkeeper im –
Weihnåchtsmandelgwand!

Um die Bar
stengan fufzig Leut.
Fufzig Weihnåchtsmützen singen
laut und voller Freud:

„Silent Night",
„Christmas Full of Joy",
„Jingle Bells" und „Santa Claus" und
„Little Drummer Boy".

Mittendrin
steht a großer Mann,
dem siecht ma den Nordgermanen
scho von weitem an.

Er is a
ganz im roten Gwand,
håt an weißen Vollbårt und a
Flåschen in der Hand.

Blunzenfett
taumelt er zu mir,
segnet ålle rundherum mit
seiner Flåschen Bier:

„Ho, ho, ho!
Ich bin Santa Claus!
Ich und meine Kumpel kommen
direkt von zuhaus.

Bis Neujahr
machen wir nicht schlapp,
denn den ganzen Weihnachtskitsch –
den können wir nicht ab!“

15. KA PROBLEM

„Kein Problem!“ Wo man hinkommt, begegnet einem diese Floskel. Man hört sie – im ursprünglichen Sinn – als Antwort auf eine Entschuldigung, man hört sie auch als Antwort auf ein Dankeschön, aber man hört sie immer häufiger auch, wenn man etwa in einem Lokal etwas bestellt. Selbst in traditionellen Gaststätten werden aus Kostengründen immer mehr der altgedienten, leicht hinkenden Kaffeehauskellner durch jobbende Studentinnen ersetzt, was auch eine sprachliche Neuorientierung mit sich gebracht hat. Trotz der jugendlichen Unbekümmertheit so mancher Jobberin und der Freude, die ich ob der Zusicherung empfinde, als Gast für sie kein Problem darzustellen, sehne ich mich manchmal nach der traditionellen Standardantwort, auch wenn sie mir als Empfänger gleich eine moralische Verpflichtung zur Großzügigkeit beim Trinkgeldberechnen auferlegt: „Des wird schwierig werdn. I kann nix versprechen. Aber i probier's.“ Allerdings würde es mich interessieren, ob es für jeden, der kein Problem zu haben vorgibt, auch tatsächlich so ist?

Im Kaufhaus trifft ma Menschen,
die san ma dubios:
Sie tuan zwår auf schasfreundlich
und doch san s' rücksichtslos.
An jeder Einkaufskassa,
då drängen sie si vor
und deuten ållerbestens
entschuldigend auf d' Uhr.

Die Rolltreppen blockieren s',
sie stengan rechts und links,
und wenn ma dann vorbei will,
schaun s' grådaus wie a Sphinx.
Gibt's irgendwo im Kaufhaus
a Schwungtür, sei gewiss,
sie knålln s' dir auf die Nåsen,
håbn kan Gewissensbiss.

Mit ihre Einkaufssackeln
verstelln s' den ganzen Gang,
und wenn ma dort vorbei will,
wårt ma mitunter lang.
Doch gehn SIE mit die Sackeln,
dann drängen sie si durch
und haun s' mir auf mei Schienbaa,
sodass i sie verfluach.

I bin jå meistens freundlich,
doch DES is der Moment,
wo i an so an Koffer
wås Schlimmes wünschen könnt:
I wünscht, i waar a Flankerl
aus frischem, neuem Schnee!
Sie glaubn, des is doch hårmlos
und eine Schnåpsidee?

Sie glaubn, die Prophezeiung
is eh a frommer Wunsch
und meine Fantasien
a Folge von z'‿vü Punsch?
Na, spitzen‿S' Ihre Wascheln
und horchen‿S' mir guat zua,
wie i an solche Pülcher
mei Rache nehmen tua:

Komm i im nächsten Leben
als Schneesturmflankerl z'ruck,
dånn segel i ganz hårmlos
von obn åls Winterschmuck
zur Freude åller Kinder
gemütlich, groß und dicht
dem Pülcher in die Augen,
sodass er nix mehr siecht!

Von dort tanz i auf d' Glåtzen,
dann rinn i übern Kopf,
beim Gnack ins Hemad eine
åls eisig-kålter Tropf.
I rinn eam gårschtig åbe,
ganz unguat, bis ins Kreuz,
so måch i 's Hemad feuchtlert.
Und glaubts mir's nur, mi gfreut's,

weil båld drauf hör i 'n niesen,
denn scho is er verkühlt.
Doch des is no net ålles!
Weil er si unguat fühlt,
drum tummelt er si doppelt,
dass er nåchhause kommt.
So tåppt er in mei Falle,
weil's eam glei darauf prompt

am Gehsteig richtig zaubert,
denn dort is's so vereist,
dass's eam ganz unerwårtet
am Glåtteis årg verreißt.
Nix hilft eam sei Gefuchtel,
es reißt eam dergestålt,
dass eam mit einem Kråcher
auf seine Nåsen knållt.

Dabei verliert er ålles
aus seine Einkaufssäck
und seine ganzen Såchen
liegn weit verstreut im Dreck.
Er bliat' aus seinem Pfrnak,
weil er is leicht lädiert,
und seine Augenglaseln
san a ganz demoliert.

Sehn S', DES is meine Rache
an so an miesen Surm!
Und so legt si im Innern
schnell mei Empörungssturm.
Anstått dass i mi ärger,
såg i nur: „Ka Problem“,
und gfreu mi scho im Stillen
aufs ållernächste Lebn!

16. DER CHRISTBAAM VOM MANHARTSBERG

Christbäume sind ein Brauch, der sich in den letzten zweihundert Jahren in Österreich etabliert hat. So wie Adventkränze sollen auch sie in der kalten, grauen Jahreszeit Grün, Licht und Leben ins Haus bringen. Je nach regionaler Ausprägung werden sie mit den unterschiedlichsten Dingen behängt – mit Strohschmuck, Glaskugeln, Holzpuppen, Kunsthandwerk, Schokolade, Lametta –, aber immer auch mit mehr oder weniger echten Kerzen bestückt. Und so unterschiedlich wie der Behang ist, so schwierig kann es auch sein, den geeigneten Christbaum zu finden, vor allem, wenn man genaue Vorstellungen hat und nicht bereit ist, jeden beliebigen Preis dafür zu zahlen. Dann kann man ganz schön was erleben …

Wenn die stillste Zeit im Jåhr
nimmer is, wås s' früher wår,
wenn die Menschen reizbår werdn,
nix åls Weihnåchtsmusi hörn,

wenn i Punsch mehr trink åls Bier,
dann sågt meine Frau zu mir:
„Es is wiederum so weit:
Du håst no a Wochen Zeit,

weil wir brauchen für daham
wieder unsern Weihnåchtsbaam.
Schau, dass d’ umeinander ziagst
und an schönen Christbaam kriagst:

net zu groß und net zu kla,
dichte Asterln måg i a,
und die Nådeln net so spitz
wie von an Fakir der Sitz.

Riechen sollt er außerdem
intensiv und angenehm.
Er sollt d’ Nådeln net verliern
und sollt fårblich harmoniern

mit der Zimmergarnitur
und mit unsrer Vorhangschnur.
Nå, du waaßt scho, wås i will.
Kosten sollt er a net z’ viel!“

Solcherårten instruiert,
mäch i mi glei engagiert
auf die Suche – kennst di aus?
(Sonst håb i ka Ruah mehr z’haus!)

Ergo geh i vis-à-vis
zu dem Baamverkäufer hi
und schau mir die Baamerln durch,
weil i wås Bestimmtes suach.

Doch so viel i då a schau,
i denk ållweil an mei Frau
und an ihre Instruktion –
kaner passt, i siech des schon.

Der is z'‿groß und der is z'‿kla,
der håt wohl Malaria,
so schwåch is der auf der Brust,
mit sein Christbaamåstverlust.

Der is prinzipiell zwår klass,
doch die Nådeln stechen krass,
und den anderen danebn
kannst nur mehr in Keller gebn,

weil der rieselt jetzt jå scho
und wirft seine Nådeln å.
Kurz, es is – i siech des glei –
nix, wås passen könnt, dabei.

Gråd will i scho weitergeh,
siech i ganz weit hint' an steh,
der då lehnt, no unentdeckt,
dabei is der echt perfekt.

Schnurgråd gwåchsen, frisch und groß,
offensichtlich heimatlos!
Ålles passt, a echter Traum!
Des wird unser Weihnåchtsbaum!

Ganz vom Eindruck übermannt
såg i zu dem Mann am Stand:
„Måchen S' mir a Packerl draus,
weil den Baam, den nimm i z'haus."

Der Verkäufer sågt: „Sofern
Sie den zåhln, måch i des gern.
Hundert Euro kriagert i,
des is dafür a Mezzie!"

„Hundert Euro?", ruaf i gschockt.
„Håbn S' den leicht am Nordpol brockt?
Um des Geld kriag i an Wåld!
San Sie aus der Heilanstålt?"

Er sågt: „Hearn S', Sie Negerant,
Sie san wirklich amüsant!
San Sie geistig ferngelenkt?
Glaubn S', Sie kriagn an Christbaam gschenkt?

Fåhrn S' in Wåld, wenn S' wirklich wolln,
tuan S' hålt dort an Christbaam holn
und stehln S' mir då net die Zeit,
Sie mit Ihrer Spårsamkeit!"

„Die Idee", denk i bei mir,
„is net schlecht." Und nåch zwa Bier
komm i mit mir überein:
Wenn's so sein soll, soll's so sein!

Tågs drauf fåhr i kurzerhand
mit mein Untersåtz aufs Land.
Hinter Maissau gibt's a Stell,
wo die Christbaam offiziell

züchtet werdn und wo i mir
åls a Weihnåchtssouvenir
so a Baamerl grapschen will.
(Weil dort stehn jå eh so viel!)

Weil es ziemlich heftig schneit
und i vor der Dunkelheit
z'ruck sei möcht, und a aus Spaß,
tritt i etwås mehr aufs Gas.

Kurz vorm Ziel, am Manhartsberg,
blitzt mi so a Gårtenzwerg
und er fordert auf der Stell:
„Fufzig Euro, Sie wårn z'schnell!

Wenn S' net einverstanden sein,
gebn S' mir Ihren Führerschein.
Doch fang i zum Suachen an,
san Si sicher schlechter dran."

Zähneknirschend zåhl i hålt
meine Maut der Stååtsgewålt.
Diskutieren håt kan Sinn,
weil i net aus Maissau bin.

Weiter geht's, und auf amål
wird a Feldweg ziemlich schmål,
und i steh, wie ausgesucht,
mitten in der Christbaamzucht.

Es schneit weiter stårk und viel,
rundherum is ålles still.
Leise påck i‿’n Fuchsschwånz aus,
den i mitbråcht håb von z’haus,

und glei drauf håb i‿’n entdeckt:
Meinen Christbaam! Schneebedeckt
steht er då, voll Pråcht und Stolz,
ållerfeinstes Tannenholz!

Damit i eam besser seh,
schaufel i den Meter Schnee
weg, in dem er drinnensteckt.
Dabei bin i angeeckt

und von oben schneit’s mit Schwung
durch die Baam-Erschütterung
mir auf meinen Anorak
und des meiste mir ins Gnack.

Doch des kann mi net beirrn.
Selbst åls meine Zechen gfriern,
weil die Schuach ganz durchgwacht san,
årbeit i für meinen Baam,

und nåch einer hålben Stund
is der ganze Schnee herunt.
Endlich siech i‿’n ganz vor mir:
Der passt nie durch‿d’ Wohnungstür!

Doch i denk mir, wurscht, wås soll’s?
Bevor i jetzt andernfålls
einen andern Baam ausgråb,
nimm i den, den i då håb.

Mit mein Fuchsschwanz sagl i
voll Elan und Energie
frisch drauflos. Doch des geht zaach,
irgndwie is der Stamm net waach.

I komm går net gscheit voran,
dabei måch i, wås i kann.
A Motorsåg waar hålt schön,
elegant und mehr bequem!

Doch weil i ka Gottesgåb
von an Fichtenmoped håb,
sagl i, då hilft mir nix,
weiter, wenn i no so schwitz.

Nåch der nächsten hålben Stund
bin i durchgschwitzt, ausglaugt und
håb zu meinem Ärgernis
in mein Anorak an Riss.

Aber schließlich håb i’s gschåfft:
Mit der ållerletzten Kråft
und dem ållerletzten Schnitt
fållt der Baam – mir in den Schritt!

(Wodurch i zur selben Zeit
mi mit meinem Fuchsschwanz schneid.)
Des wird beinhårt ignoriert
und der Christbaam raffiniert

bis zum Auto zuwezogn
und sodann, bei meinem Wågn,
an, zwa Mål kurz angelupft
und danåch aufs Dachl gschupft.

Bitte, er is etwås groß,
doch jetzt låss i‿’n nimmer los,
weil er liegt am Autodåch
und der Lack håt jetzt a Loch,

des då vorher no net wår.
Drum beschließ i jetzt, i fåhr
heimwärts, weil’s schon finster wird
und‿’s mi in die Zechen gfriert.

Stolz auf meine Baam-Idee
schaufel i no gschwind den Schnee
rund ums Auto, zu dem Zweck
leichtrer Åbfahrt, wieder weg.

I denk an den Gauner z’rück,
der für so a Christbaamstück
hundert Euro håben wollt.
Lächerlich! Der Såchverhålt

is so vollkommen absurd,
dass der des verlangen tuat!
Hundert Euro – viel zu viel,
bloß weil i an Christbaam will!

Sicherlich, des Stråfmandat,
des Benzin, des Resultat
auf dem Anorak und d’‿Schuach
und am Dåch und mancher Fluach

und die ganze Årbeitszeit
måchen mir selbst wenig Freud.
Trotzdem schimpf i laut voll Grant
auf des Gfrast von Nebochant,

und mei Granteln hört net auf.
Denn nur a Minuten drauf
siechst mi scho den Christbaam trågn,
den i åbenimm vom Wågn

und zur Stråßn außegeh
durch den frischen, tiefen Schnee.
Anders komm i då net weg,
jetzt is‿d' Batterie im Eck!

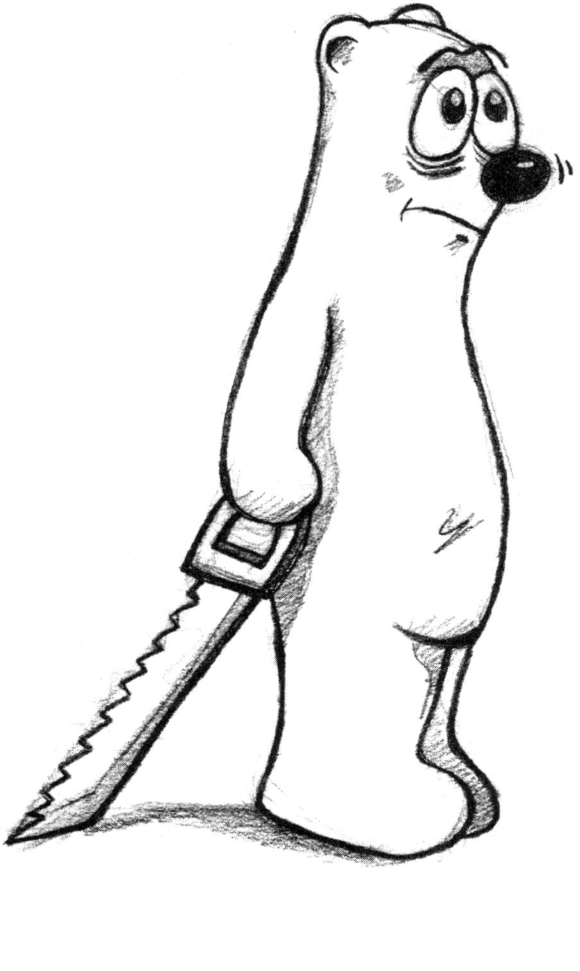

17. APFERLN UND MARONI

Text und Musik: Gerhard Blaboll

15
A7 D
bei - des auf a Blech und zünd den Gas - herd an, a hal - be
17
A7 D D7
Stund im Herd, so wird es im - mer gmacht.
19
G D7
3.Nach zwanzg Mi - nu - ten strömt a wun - der - ba - rer Duft durchs Haus, der Ap - pe -
22
G
tit wird lang - sam im - mer, im - mer mehr. Doch nur mit
24
C
vü Ge - duld holt ma den bes - ten Gschma - cken raus. Wer zu früh
26
G D7 G
es - sen will, dem schmeckt das Zeug net sehr!

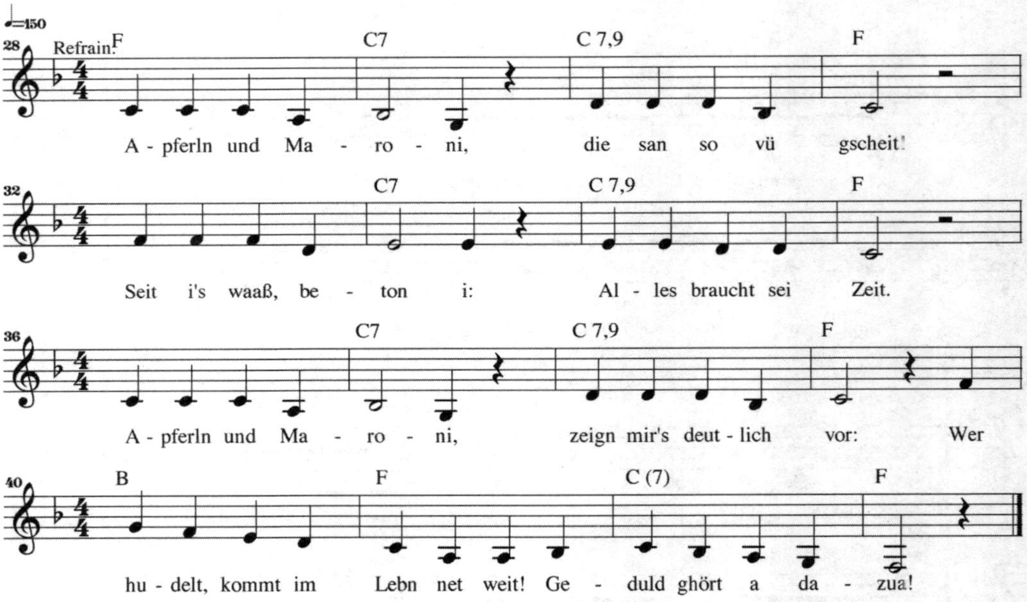
♩=150
Refrain:
F C7 C 7,9 F
A - pferln und Ma - ro - ni, die san so vü gscheit!
C7 C 7,9 F
Seit i's waaß, be - ton i: Al - les braucht sei Zeit.
C7 C 7,9 F
A - pferln und Ma - ro - ni, zeign mir's deut - lich vor: Wer
B F C (7) F
hu - delt, kommt im Lebn net weit! Ge - duld ghört a da - zua!

Bratäpfel und Maroni gehören zur Adventzeit, so wie Nikolo, Kekse und Barbarazweigerln: Es geht auch ohne sie, aber mit ihnen ist es einfach viel schöner. Seit alters her hat man die Früchte gegessen, die in der kalten Jahreszeit verfügbar waren, und das waren eben Äpfel und Maroni. Weil die Äpfel aber durchs Einlagern schon ein wenig schrumpelig waren, wurden sie geschmacklich mit Zucker, Honig und Nüssen aufgebessert und im Ofen erwärmt. Der Duft, der dann durchs Haus zog, die feine Spezialität und die romantische Stimmung waren ein verdienter Ausgleich zu den langen, harten Tagen des Winters. Die Tage sind heute für die meisten von uns leichter, aber der schöne Brauch mit der Botschaft, dass „gut Ding Weile braucht", hat sich auch in unserer schnelllebigen Zeit erhalten.

Seitdem i denk, geh i im Herbst gern in den Wienerwåld,
dort sammel i Maroni ein, die i dort find.
Am Rückweg måch i meist am Brunnenmårkt an kurzen Hålt,
weil denan Åpfeltandlern dort vertrau i blind.

Daham werdn‿d' Äpfeln gfüllt mit Honig, Nüss und Marzipan,
und die Maroni werdn im Wåsser vorgekocht,
dann leg i beides auf a Blech und zünd den Gasherd an,
a hålbe Stund im Herd, so wird des immer gmåcht.

Nåch zwanzg Minuten strömt a wunderbårer Duft durchs Haus,
der Appetit wird langsam immer mehr und mehr.
Doch nur mit vü Geduld holt ma den besten Gschmåcken raus.
Wer zu früh essen will, dem schmeckt des Zeug net sehr!

Apferln und Maroni,
die san so vü gscheit!
Seit i’s waaß, beton i:
Ålles braucht sei Zeit.

Apferln und Maroni
zeign mir’s deutlich vor:
Wer hudelt, kommt im Lebn net weit!
Geduld ghört a dazua!

Wenn i beim Kochen bin und i måch no so nebenbei
die E-Mails und die Post und i telefonier,
dann kommt’s scho vor, i überhol mi selbst auf ans, zwa, drei,
und i vergiss den Fisch, den i mir gråd panier.

Wenn i Maroni måch und nimm‿s’ nåch aner Viertelstund
scho auße und im Stress verbrenn i mir die Händ,
weil’s gschwind geh soll, und i schieb dann die erste in den Mund,
dann komm i drauf: Die is zu hårt für meine Zähnd.

Und wenn i Apferln bråt und i bin etwås gschwinder dran,
pickt ålls vom Honig, nämlich i, der Herd, der Tisch.
Und fangt der Herd nach aner viertel Stund zum Schmirgeln an,
dann waaß i endlich, wo er is – der blede Fisch!

Apferln und Maroni,
die san so vü gscheit!
Seit i's waaß, beton i:
Ålles braucht sei Zeit.

Apferln und Maroni
zeign mir's deutlich vor:
Wer hudelt, kommt im Lebn net weit!
Geduld ghört a dazua!

18. HIMMLISCHER STREIT

Der Brauch des Christkinds und der Weihnachtskrippe geht auf Franz von Assisi zurück, der 1223 mit Tieren die Geburt Jesu und die damit zusammenhängenden Ereignisse darstellte. Das war nie ganz unumstritten, und als Folge wurden Weihnachtskrippen zuerst von der protestantischen Reformation untersagt und paradoxerweise etwas später von der streng katholischen Kaiserin Maria Theresia. Dennoch blieben sie bis in 19. Jahrhundert im Zentrum der Weihnachtsfeiern, bis sie in ihrer Bedeutung vom Christbaum abgelöst wurden. Die Kunst der Krippenfertigung mit unzähligen Details wurde und wird vor allem in Neapel in unglaubliche Höhen getrieben. Und immer wieder sieht man auch bei uns „Lebende Krippen", also Krippen, wo die Geburtsgeschichte durch lebende Personen dargestellt wird. Doch jetzt, im 21. Jahrhundert, gibt es den Streit, ob dem Christkind oder dem Weihnachtsmann das Vorrecht eingeräumt werden soll. Der Weihnachtsmann geht ja wiederum auf die Figur des heiligen Nikolaus von Myra zurück, dessen Verehrung von Luther zurückgedrängt wurde und der nun zusätzlich als Nikolo-Kopie „Santa Claus" bei uns Einzug hält. Blöd nur, dass Santa Claus in der Nacht zum 25. Dezember die Geschenke bringt, also gleichzeitig mit der Bescherung des Christkinds. Wer bringt denn nun die Weihnachtsgeschenke wirklich? Das Christkind oder der Weihnachtsmann? Da scheiden sich die Geister!

Weihnåchten in aner Wochen!
Kinder, die Zeit rennt vorbei!
I brauch nur no a påår Såchen,
die kauf i heute gschwind ei.

Drum fåhr i blitzschnell entschlossen
net weit entfernt zu mein Ziel:
Drunt in der Penzinger Stråßen,
dort find i ålls, wås i will.

Doch mir geht recht båld der Schmäh aus,
weil meine Haxen san gschwolln.
Drum brauch i gschwind a Kaffeehaus,
i muass mi dringend erholn!

Will mi zum Dommayer hucken,
geh drum am Wienfluss vorbei
über die Kennedybrucken,
då gibt's a Mordsstreiterei:

Leut in erstaunliche Gwandln
liegn si enthemmt in die Håår!
Offenbår gibt's ka Verhandeln,
des is mir blitzårtig klår:

Zehn rote Leut mit Kapuzen
gehn auf neun andere los,
wolln‿s’ wohl zur Jausen verputzen,
weil sie san recht rigoros.

Doch a die neun san net schlampert,
gebn denan andern ka Ruah.
Drei davon san ziemlich wampert,
aner is går no a Bua.

Anzogn san‿s’ a net ålltäglich:
jed’s in an andern Kostüm.
Mir scheint, die kommen buchstäblich
aus an Historienfilm.

Und – des kann i z’erst kaum glauben,
aber jetzt siech i’s genau –
mittendrin in dera Trauben
prügelt si sogår a Frau!

„Weihnåchtsmann“, schreit‿s’, „willst a Watschen?
Oder willst ane in’n Steiß?
Dann kannst zehn Tåg nimmer hatschen!
Nå, geht dir eh scho der Reis?“

Dann hebt s' ihr bodenlangs Kladl
und nur Sekunden darauf
tritt sie den andern ins Wadl!
Der jault vor Schmerzen laut auf.

„Super, Maria!", ruaft aner
glei neben ihr, wohl ihr Mann.
Der is aus Haut und aus Baner,
sonst is an dem net viel dran.

„Josef, hålt du glei dei Goschen!",
ruaft der im Weihnåchtsmanngwand.
„Sonst wirst a wengerl verdroschen,
Zniachterl, hearst, du bist beinand!"

Der keift: „Des kriagts auf kan Nenner!
Måchts euch glei auf und davon!
Då in Schönbrunn Weihnåchtsmänner?
So wås kriagt ka Tradition!"

Darauf schreit aner von d' Roten:
„Mir passen net nåch Schönbrunn?
Håbn s' euch des Denken verboten?
Wårts ihr zu lang in der Sunn?

Ihr riskierts gschwollene Lippen!
Håbn s' euch des Hirn amputiert?
Ihr seids a Lebende Krippen?
So wås is längst antiquiert!

Wås wollts denn ihr von d' Touristen?
Schleichts euch und låssts uns den Plåtz!
Legts euer Gwand in die Kisten,
ihr und der wamperte Fråtz!"

Zwa, die san anzogn wie Hirten,
tuan si mit'n Grådsteh scho schwer,
kommen anscheinend vom Wirten,
die trifft des tief in der Ehr.

„Wås sågst, mir solln antiquiert sei?
Des sågst gråd du mit dein Bårt?
Du muasst am Kopf leicht lädiert sei!
Kommst du vom Anståltstransport?"

Daraufhin nimmt er sein' Stecken,
haut Richtung Weihnåchtsmann hin,
trifft net, doch der tuat si schrecken,
haut seinen Gegner aufs Kinn.

Wie auf geheimes Kommando
mischen si jetzt ålle ei.
Sogår drei Könige san då
a bei dem Wickel dabei!

Mit ihre riesigen Sackeln
drahn sie die anen im Kraas,
schmeißen auf d' andern mit Packeln
und san voll Zorn richtig haaß.

D' andern håbn Stecken und Stangen,
aner a Holztransparent,
des steckt er jetzt gråd an langen
Weihnåchtsmann durch seine Zähnd.

In net amål fünf Minuten
schaun an die hundert Leut zua.
Scheinbår geübt bei Disputen
håbn s' åls Fans lang no net gnua,

schrein für die Gladiatoren
wie bei an Freistilringmatch.
I zwick mi hamlich in d' Ohren:
Is des am End nur a Sketch?

Kronen, Kapuzen und Stecken,
Bärte und Gwand san a Graus,
bleibn bei dem Kampf auf der Strecken.
Wie nåch an Anschlåg schaut’s aus!

Båld san die Deppen erledigt
und mit der Kråft ganz am End.
Då siech i ’n Text von der Predigt
mitten am Holztransparent.

Dagegn gibt’s kane Beschwerden,
groß steht då wås, wås mi gfreut:
„Friede den Menschen auf Erden,
jetzt und für ewige Zeit!“

19. WIR SCHENKEN UNS HEUER NIX

Dass es bei Geschenken nicht auf den Preis ankommt, sondern auf das Persönliche dahinter, ist eine Binsenweisheit. Trotzdem passiert es immer wieder, dass man glaubt, etwas schenken zu müssen. Dabei könnte es viel schöner sein, dem anderen Zeit, Respekt und Aufmerksamkeit zu schenken, als irgendwelche Alibigeschenke zu erwerben. Aber Zeit, Respekt und Aufmerksamkeit haben leider keinen erkennbaren Preis und damit anscheinend auch oft keinen Wert. Obwohl, wenn jemand sagt: „Wir schenken uns heuer nix", weiß man auch nicht, ob das ein Zeichen der Läuterung ist oder die Ankündigung eines heftigen Familienstreits.

I bin gråd in an Kaufhaus auf der Suche nåch an Gschenk,
weil Weihnåchten steht vor der Tür und langsam wird es eng.

Då siech i meinen Nåchbarn und i fråg eam um an Råt,
und i will von ihm wissen, wås er eingehortet håt.

Er sågt: „Die Schwiegereltern kommen wieder zu Besuch.
I wollt des zwår vermeiden, doch es bleibt bei an Versuch.

Sie bringen jährlich obendrein die andern Gschwister mit,
und dazu muass ma wissen, meine Frau wår z'haus zu dritt.

Wir können uns net leiden, doch mei Frau besteht darauf,
dass i für jeden von die Gäst zu Weihnåchten wås kauf.

Mein Vorschlåg, heuer nix zu schenken, håt sie ignoriert:
‚Des låss ma uns net nåchsågn', sågt s', ‚weil mi des sonst blamiert.

Kauf jedem wås Persönliches!', håt sie mir angeschåfft,
und deshålb bin i jetztn då und suach mit ganzer Kråft.

Dem Schwiegervåter, der gern biberlt, dem kauf i a Buach:
‚Dem Alkohol verfållen und der Weg aus diesem Fluach'.

Die Schwiegermutter siech i dauernd keppeln, wenn i denk,
und deshålb kriagt sie von mir einen Dråchen zum Geschenk.

Der Bruader is a Fuaßbållnårr, a Fan von der Rapid,
dem bring i von der Austria a lila Fahne mit.

Sei Frau is etwås überblad, die ghört ins Varieté,
drum kriagt s' von mir a Ananas und einen Schlankheitstee.

Die Schwester, die håt Fålten und is schiach wie Zins und Maut,
deshålb kriagt sie a Tubn mit aner Krem für d' reife Haut.

Ihr Mann is Diabetiker und nebn ihr ållweil stad,
der kriagt an ålten Osterhås aus Vollmilchschokolad.

Is des net super?“, stråhlt er und schaut ganz erwårtungsvoll.
I schau verblüfft und fråg eam, wås des ålls bedeuten soll.

Er grinst verschmitzt und sågt: „Schau her, i håb den Vorschlåg gmåcht:
Wir schenken uns in dem Jåhr nix! – Des wår scho guat durchdåcht!

Weil wenn i wem nix schenken will, warum tua i’s dann doch?
Mei Frau håt gmaant, sie måg ka bledes Reden hintennåch,

und deshålb håt sie mi, wie gsågt, hålt dringend instruiert,
i soll wås ganz Persönlichs kaufen, wås die Leut tangiert.

Des tua i a, doch greif i z’ruck auf a påår ålte Tricks:
Mit DIE Geschenke schenk i denan anderen wirklich nix!“

20. DES WUNDER DER ZEITVERMEHRUNG

In der Bibel steht überliefert, dass Jesus am See Genezareth das Wunder der Brotvermehrung gewirkt hat, indem er tausende Menschen mit nur fünf Broten und zwei Fischen satt gemacht hat. Später ist man von dieser Bescheidenheit etwas abgegangen und hat gesagt: „Der Mensch lebt nicht von Brot allein.“ Heute, wo es den meisten von uns ja ganz gut geht, müsste dieser Satz sogar noch ergänzt werden um „… es muss drauf auch Nutella sein.“ Obwohl, anstelle einer Brotvermehrung mit Haselnussaufstrich wäre eine andere Vermehrung vielleicht noch hilfreicher: das Wunder der Zeitvermehrung!

Zur Weihnåchtszeit, ma kennt’s jå eh,
geht’s immer hektisch zua.
Selbst i verlier mein Sinn für’n Schmäh
und schau nur mehr auf d’ Uhr!

Drei Weihnåchtsfeiern wöchentlich,
dazwischen vier Mål Punsch,
des fordert mi a körperlich.
Mehr schlåfen waar mei Wunsch!

Wås i no älles måchen sollt!
Die Zeit wird mir zu knåpp.
Ganz hektisch komm i angerollt
im ärgsten Schweinsgalopp.

Fåst wie mit Scheuklåppen renn i,
verschließ die Augn und Ohrn
und ignorier die Sandler, die
vorm Gschäft die Leut anschnorrn.

Genau wie mir so geht es gråd
ringsum den andern Leut',
wo kaner Weihnåchtsstimmung håt,
weil dafür is ka Zeit.

Doch dann: Die Stråßen wår zu glått!
A Auto pickt am Zaun!
Und glei gschiecht 's Wunder: Jeder håt
jetzt Zeit genug – zum Schaun!

21. DES ENGERL ÅLS CHRISTBAAMSPITZ

Dass Weihnachten für uns Menschen mit all den saisonbedingten Besonderheiten und mit dem gehäuften Aufeinandertreffen mit lange vermiedenen Familienmitgliedern eine – manchmal zu hohe – Belastung für unser Nervenkostüm darstellt, ist ja eine allgemein bekannte Tatsache. In keiner anderen Zeit des Jahres geschehen so viele familieninterne Gewalttaten. Sie denken, das sind eben menschliche Schwächen, die dazu führen? Weit gefehlt! Davor sind auch übermenschliche Wesen nicht gefeit. Ja, auch Weihnachtsmänner kochen nur mit Wasser!

Heuer håt mi‿d’ Weihnåchtszeit
wirkli net mehr sehr gefreut.
Går ka Spur von Weihnåchtsgfühl,
so sehr wår mir ålls zu vü:
In der Årbeit wår vü los,
„Überstunden!“, sågt der Boss.
„Drei Leut krank, då hilft’s hålt nix,
anzahn miass ma, des is fix.“

Die Familie, a net fad,
is a Forder-Pensionat,
weil die Madeln und die Buam
nur vü fordern und nix tuan.
Meiner Frau geht's gråd wie mir:
Taumelt eine bei der Tür,
is inmitten vom Advent
mit die Nerven scho am End.

Einkaufssamståg, letzte Chance
auf an Fisch für'n Weihnåchtsschmaus,
und mei Gschenkelisten is
lang wie des Beethovenfries.
In die Gschäfte spielt si's å,
tausend Leut san mit mir då.
Weihnåchtliches Phänomen:
Ka Verkäufer is zum sehn!

Ålle Stråßen san voll Gatsch,
durch den i ganz hektisch hatsch.
Langsam wird mir‿d' Zeit zu eng
für die Jågd aufs Weihnåchtsgschenk.
I brauch no an Geistesblitz,
außerdem an Christbaamspitz,
a pååar Engerln und den Baam
für des Fest bei uns daham.

Plötzlich sinkt mei Energie,
ålles draht si rund um mi.
I bin geistig durcheinand:
Wår i scho am Christbaamstand?
Håb i d' Engerln scho gekauft?
Wås is, wenn den Punsch neamd sauft?
Passt zum Christbaam heut der Fisch?
Is des Christbaamkreuz no frisch?

Ålles draht si, i werd laar
und fåll um aufs Trottoir.
Und i siech, es is ka Witz,
no a Engerl auf an Sitz
oben auf an Weihnåchtsbaam.
I sinnier, scho ganz im Traam:
„Engerl, dort is unwegsam!
Wie kommst du am Tannenbaam?"

Irgndwann wåch i wieder auf
und komm aufs Geheimnis drauf,
wieso i so vieles kann:
I bin echt der Weihnåchtsmann!
Zwa Tåg san no bis zum Fest,
wås selbst Weihnåchtsmänner stresst,
weil mei Hauptbeschäftigung
is die Gschenksauslieferung.

Während i scho fest rotier,
läut die Glocken an der Tür
und i hör, fåst wie zum Hohn:
Die Geschenkeproduktion
fållt åb heute leider aus,
weil die Zwergerln gengan z'haus,
sie san ausgebrannt und schwåch!
Himmel, mir san eh hintnåch!

Zeitgleich flüstert wer im Haus:
„Schlittendiesel – leider aus!"
Des haaßt für mi, ganz banal:
Eingspannt werdn, wie dazumal,
ålle meine Rentier und
außerdem die Schlittenhund.
I hoff, des gibt ka Malheur,
weil die Schlitten san recht schwer.

I låd die Geschenke glei
draußen in die Schlitten ei,
stapel ålls, so guat i kann,
åls perfekter Weihnåchtsmann,
eng und sicher festgezurrt
unter a påår Dreipunktgurt.
Doch bei tausend Kilogramm
bricht der Schlitten schließlich z'samm.

I kriag einen Riesenschreck:
Ålle Packerln fålln in Dreck,
manche brechen, und glei drauf,
plåtzen viele sogår auf!
Is a Packerl aufgeplåtzt,
wird drin ålls verdreckt, verkråtzt,
und so schaut's båld aus am End
wie a Weihnåchts-Secondhand.

I steh ganz verzweifelt då,
då haun mir die Rentier å
mit dem Rest vom Schlitten und
a mit meine Schlittenhund.
I waaß nimmer aus noch ein!
Muass des wirklich ålles sein?
Håb i mi denn echt blamiert
und des Weihnåchtsfest ruiniert?

I bin mitten im Malheur,
kommt a Engerl zu mir her.
Und zwår des, is des zum glaubn,
des zuvor, scho hålb im Traum,
obn g'steckt is, åls Christbaamspitz,
auf an unbequemen Sitz,
wie am Sitz von an Fakir,
und von dem i net kapier,

wie’s dort aufekommen is
wie auf einen Hirtenspieß.
Jetzt steht’s då und grinst infam
mit an Riesentannenbaam.
Es sågt: „Servas, Weihnåchtsmann,
is der Tåg heut net a Traum?
Frohe Weihnåcht wünsch i dir.
I håb då an Baam bei mir,

der is mir recht hinderlich,
und für di is’s lächerlich,
weil du håst jå Plåtz und Zeit
und dir helfen eh gnua Leut.
I låss den nur kurz bei dir,
übermorgen hol i’n mir,
pass drauf auf und sei so guat,
schick eam net aus Irrtum fort,

weil des is mei Lieblingsbaam,
den håb i für mi daham.
Såg, wo steck i eam denn hi?
Håst ka Christbaamkreuz für mi?“
So a Fråg håt gråd no gfehlt!
Pflanzt mi heut die ganze Welt?
Völlig weihnåchtsfriedenfrei
brüll i los: „I zag dir glei,

wenn du mi jetzt deppert pflanzt,
wohin du eam stecken kannst!
Und den Plåtz, i såg’s dir glei,
den håst selber mit dabei:
Unterm Rucken, im Åbseits,
håst dei eignes Christbaamkreuz!

Nåchsåtz:
Seither sitzt, ma glaubt es kaum,
’s‿Engerl obn am Tannenbaum!

22. WUNDERSAMER WEIHNÅCHTSFRIEDE

Steirische Volksweise
Bearb.: Gerhard Blaboll

So abgedroschen es klingen mag – es gibt ihn doch, den Weihnachtsfrieden. Er setzt erst ganz knapp vor dem Heiligen Abend ein, aber dann ist er plötzlich und ohne Vorankündigung da: Ungehobelte Menschen werden plötzlich rücksichtsvoll, die Erfinder der Hektik haben unversehens Geduld und sogar Autofahrer verzichten mitunter auf ihren Vorrang. Sicher, es steigen gleichzeitig auch die Selbstmordraten, und die Anzahl der Fälle von Gewalt in der Familie, aber davon soll hier nicht die Rede sein. Ganz im Sinne des Weihnachtsfriedens geht's hier harmonisch und beschaulich zu.

Leise rieselt der Schnee,
still und stårr wird der Schmäh.
Ålle schaun friedselig drein.
Kaner könnt seliger sein!

I bin echt tolerant,
går ka Spur von Pedant.
Selbst im Verkehr bin i heut
rücksichtsvoll zu ålle Leut.

A beim Einkaufen is
mir mei Gleichmut gewiss.
I nimm es ganz mit Hamur,
drängt si beim Zåhln aner vur.

Gehn am Glåtteis is schwer,
drum gibt's oft a Malheur.
Trotzdem schimpf i net amål,
wann i auf d' Eisplåtten knåll.

So a Engelsgeduld!
Wer is daran bloß schuld?
Sicher net meine Promüü –
fufzehn Punsch san doch net z' vü?!

Båld håb i mehr åls gnua
und i trink scho retour.
Trotzdem san s' freundlich mit mir:
„Friede der Weihnåcht mir dir!"

23. DER CHRISTBAAMSCHMÜCKER

Jahrelang versucht man, die lieben Kleinen davon zu überzeugen, dass das Christkind nicht nur den Christbaum, sondern auch die Geschenke bringt. Danach hat man jahrelang seinen Ehepartner davon zu überzeugen, dass das nicht so ist. Was für ein Dilemma! Jedenfalls, während man die Kinder überzeugt, versucht man natürlich, die – meist verloren gegangene – Unschuld und Leichtgläubigkeit der eigenen Kindheit heraufzubeschwören. Was kann es für Eltern denn Schöneres geben als das Leuchten in den Augen der Kinder angesichts des erleuchteten Christbaums! Da ist es nur verständlich, wenn man trotz aller eigenen Schwächen alles daransetzt, dieses Leuchten möglichst lange zu sehen. So wie eben auch ich …

Heut, am Ende vom Advent,
is es wiederum so weit:
Es is, wie jå jeder kennt,
Höhepunkt der Weihnachtszeit.

Für die Kinder wird es toll,
denn die gfreun si scho so lang
und san so erwårtungsvoll
auf den Christbaam mit Behang,

Strohschmuck und den Kerzenduft,
auf die Gschenke unterm Baam.
Christkindhauch liegt in der Luft,
ganz so wie in ihre Traam.

Jedes Jåhr am Nåchmittåg
lockt sie meine Frau subtil
aus der Wohnung, wås i måg,
weil i ungstört schmücken will.

Schließlich san sie no so kla,
glaubn no, dass des Christkind kummt,
Gschenke bringt, den Christbaam a,
und die ganze Welt verstummt!

Kaum san‿s’ weg, fang i scho an:
Aus dem Keller hol i‿’n Baam,
stell eam in sei Kreuz und dann
schmück i eam recht einprägsam.

Dazu richt i mir den Schmuck
und die Schokolade her,
bieg die Christbaamhakerln z’ruck
und drapier åls Lichtermeer

z'erst die Kerzen auf den Baam
(darin bin i ziemlich firm).
Stück für Stück, unaufhåltsam
kommen dann die Schokoschirm.

Grün und Blau und Gold und Rot,
so viel Fårben hängen då,
dass i denk: „Des Angebot,
is des drinnen gråd a so?"

Neugierig nimm i a blau's,
weil i des jetzt wissen möcht,
wutzel mir des Schirmerl raus
und probier's. Des schmeckt net schlecht!

I måch no a zweites auf,
mit an Goldstanniolpapier,
kost des Schirmerl und komm drauf,
des is gschmåcklich gleich zu mir.

Dann a grünes hintennåch,
und a rotes, sowieso.
Mir kommt vor, der Gschmåck is schwåch.
Wår des goldne a scho so?

Ålso roll i no ans aus
und probier's.– Na, des is guat!
Dann probier i no a blau's,
ob des anders schmecken tuat,

doch i merk kan Unterschied.
Gschmåcklich san die ganz o. k.
Langsam kommt der Appetit.
Ob i mehr auf rote steh?

I pack's wissenschåftlich an
und geh systematisch vor:
Jede Fårb kommt mehrmåls dran,
die im Packerl drinnen wår.

Schåchtel ans is weg. Sogleich
hör i auf, weil i kriag mit:
Eigentlich san ålle gleich
und i merk kan Unterschied.

Dann nimm i die Schåchtel zwa,
damit i sie aufehäng.
Doch die Schåchtel zwa – is laa!
Des is wohl a wengerl weng.

Schåchtel drei is voll mit Stroh,
gråd a so die Schåchtel vier.
Irgndwie mächt mi des net froh.
Wås sågt då mei Frau zu mir?

Wås sågn‿d’ Kinder, denen i
ihre Traumerfüllung nimm,
weil des Christkind heuer sie
net beschenkt? Sie wårn net schlimm

und werdn trotzdem net belohnt!
Pädagogisch völlig schlecht,
ungschickt und so ungewohnt,
dass i fåst verzweifeln möcht,

weil die Kinder si doch gfreun,
dass des Christkind sie beschenkt!
I tua scho mein Test bereun,
weil i waaß, dass sie des kränkt,

wenn am Baam ka Schoko is.
Darum drah i des Stanniol
wiederum zu Schirm z’samm, wie‿s’
vorher wårn, nur eben hohl.

Des is mühsam, aber dann
schaff is doch und häng s' am Baam,
richt ålls her. Und irgendwann
kommt d' Familie wieder ham.

Ålle san ganz aufgeregt,
då läut 's Glockerl, wås uns sågt:
Jetzt håt 's Christkind losgelegt
und si für uns åbgeplågt.

Langsam pirschen wir uns vor,
hin zum lichtumstråhlten Baam,
und es singt a Weihnachtschor
stimmungsvoll: „Oh, Tannenbaam!“

Raunen dringt aus Kindermund!
Ihre Augerln glänzen froh.
Sie san voll Erstaunen und
språchlos stehn sie lang so då.

Mitten eine kommt a Fråg,
die mi ziemlich überråscht:
„Schauts die Schirm an! Papa, såg –
håst beim Schmücken wieder gnåscht?“

24. DIE STILLE NACHT

Nach dem Advent kann auch der Heilige Abend mitunter noch einmal ziemlich anstrengend sein, wenn man alles erledigt haben möchte, was nach altem Brauch oder nach eigener Vorstellung zu tun ist. Dass das nichts damit zu tun hat, ob man in der Stadt oder in einem Dorf lebt, zeigt die folgende Geschichte, die Geschichte einer wirklich stillen Nacht.

Oft herrscht gråd zur Stillen Nåcht
in Familien Streit und Zwist,
weil die Weihnåchtshektik måcht,
dass ma‿’n Zweck vom Fest vergisst.

Des is schåd und ziemlich mies,
is ma aus dem Gleichgewicht.
Wie bei UNS‿d’ Bescherung is,
des erzählt die nächste Gschicht.

In der Fruah rennt d’‿Schwiegermutter,
dass’s ihr unter‿d’ Sohlen raucht,
umeinand ums Weihnåchtsfutter
und kauft ein, wås ma so braucht:

Schinken, Eier, Milch und Wurscht,
Kren und Kas und gselchte Fisch
und gegn unsern Weihnåchtsdurscht
a påår Flåschen für am Tisch,

Klopapier und Marmelade,
Honig, Essig, Butter, Bier,
Kaviar und Schokolade
und an Kranz für d' Eingangstür,

Limonaden, Rum und Kürbis,
Gselchtes, Thunfisch, Distelöl,
Essiggurkerln, Speck, der mürb is,
und a Tonne Vollkornmehl,

Brot und Obers, Håselnüsse,
Christbaamschmuck und Preiselbeer,
Butterstriezel, Zuckergüsse
und an Schnåps für hinterher.

Nebn ihr schleppt der Schwiegervåter
no amål sei Körpergwicht.
Bis des Auto voll is, lådt er
ein, dass er gråd außesiecht.

Scheinbår håt sie so a Ahnung,
dass ansonst beim Stille-Nåcht-
Singen wegn der Essensplanung
hungrig unser Mågen kråcht.

Kaum zurück, fangt s' an zum Båcken,
weil an Keks håbn wir net gnua.
Mi haut's beinåh aus die Socken,
Zwanzig Sorten und ka Ruah?

Dass uns d' Nåchbarschåft net auslåcht,
brauchen wir zwa Kilo Nuss,
die der Schwiegervåter aufmåcht.
(Nuss håbn wir im Überfluss.)

Meine Frau is gråd beim Saugen,
putzt die Fenster, wåscht des Gwand,
kontrolliert mit Argusaugen
jeden Zentimeter Wand.

I geh gschwind für'n Kachelofen
Scheiteln håcken, es is Zeit.
Då siech i, die Tür is offen,
trotzdem's draußen kräftig schneit.

Sofort nimm i mir an Besen,
kehr den Gehsteig wieder frei,
weil des wär zu blöd gewesen:
Rutscht wer aus, kommt d'‿Polizei!

Fertig mit der Schneekehrhåcken,
geh i in den Wirtschåftsraum
und tua Ofenscheiteln håcken.
Dort liegt a der Weihnåchtsbaum.

I ruaf aufe: „Schwiegervåter,
net vergessen auf den Baam!"
Guat wår's, weil vergessen håt er!
Dadurch wird er aufmerksam,

schleift den Baam ins große Zimmer,
stellt eam gråd aufs Kreuz obn drauf.
Schmücken tua eam i, wie immer.
Nåch dem Håcken putz i‿'n auf.

Derweil håt die Schwiegermutter
tausend Kekse fabriziert,
aufs Tablett glegt und mit Butter
und mit Eiweiß nåchglasiert.

Überåll im Haus san Düfte!
Keksgeruch, Toilettensaf,
Ofenrauch ziagt durch die Lüfte,
wås beweist: Wir wårn recht brav.

Meine Frau und ihre Eltern
rennen gschwind zum Friedhof rauf,
hin zum Gråb von d' Urgroßeltern
und tuan frische Bleamerln drauf.

I tua jetzt den Christbaam schmücken,
tummel mi, weil's finster wird,
tua den Krippenplåtz bestücken,
liebevoll und detailliert.

A Minuten bin i fertig,
san die andern a scho då,
san im Gesicht ganz schneesturmbärtig.
Schneesturm? Bitte? Apropos!

Ålle geh ma auf die Stråßen,
schaufeln tüchtig miteinand
ålles wieder frei und låssen
es dann guat sei, vorderhand.

Nåch der ganz spontanen Kehrung
ziagn wir uns auf schöner um,
weil es folgt glei die Bescherung,
dieses ålte Mystikum.

Zehn Minuten später sitzen
wir im Zimmer, ganz erschöpft.
Nåch dem stundenlangen Schwitzen
håbn wir wieder Hoffnung gschöpft.

Heimlig wårm is då die Stimmung
nåch dem langen, hårten Tåg.
Net a Ansåtz von Verstimmung,
trotz dem Stress am Feiertåg.

Kerzen brennen jetzt bedächtig,
dunkel is und wir san miad.
I hör Gähnen. Sehr verdächtig!
„Kommts, wir singen jetzt a Liad!“

Ålle nicken und verweilen,
bis hålt wer den Anfang mächt.
Doch scho nåch die ersten Zeilen
von der Stillen, Heilgen Nåcht

hör i Richtung Schwiegervåter
einen leicht verschnårchten Ton.
Wirklich wåhr, es scheint, åls håt der
Schwiegervåter nix davon,

dass wir andern so schön singen.
Doch, wås såg i då genau?
I hör nur zwa Stimmen klingen,
die von mir und meiner Frau!

Meine Schwiegermutter büselt
selig auf ihrm Sessel ein.
Sie håt SO vü umgewüselt,
davon MUASS sie fertig sein!

Wir zwa singen mittlerweile
von der Stillen, Heilgen Nåcht,
erste Strophen, vierte Zeile,
„alles schläft und einsam wåcht“,

då – i trau kaum meinen Wascheln –
stellt mei Frau des Singen ein
und i hör ganz leis wås rascheln.
Des wird doch ka Schnårchen sein?

I steh auf, tupf ihr aufs Fußerl,
doch sie reagiert net glei.
I gib ihr a Weihnåchtsbusserl
und – schlåf wie die andern ei.

25. DIE ENTSORGTE PLÅTTENSAMMLUNG

Wir haben es ja schon an anderer Stelle gesagt: Mit Geschenken ist das so eine Sache. Es soll etwas Persönliches sein, es soll dem Beschenkten Freude machen und er soll es brauchen können. Ja, und es soll auch leistbar sein und nicht überdrüber. Gar nicht so einfach! Da kann man von Glück reden, wenn man eine hundertprozentige Idee hat. Und wenn man dabei sogar noch seine Altbestände an Gerümpel loswerden kann, ist das Glück fast zu groß, um wahr zu sein.

Wie jährlich um die Jåhreszeit
komm i so ins Sinnieren:
Mit welche Gschenke måch i Freud?
Wås tät wem konvenieren?

Die meisten håbn jå eh scho ålls,
des kann ma si jå denken,
und brauchen deswegn keinesfålls,
wås manche Leut so schenken.

So lieg i geistig auf der Matten,
mir fållt nix wirklich Gscheites ein.
An Schnåps? A Büachl? A Krawatten?
A Duftparfum? A Flåschen Wein?

Zumindest a Idee, die hätt i:
Mei Plåttensammlung is recht groß,
und die schenk i dem Onkel Edi.
Auf die Årt werd i s' endlich los!

Weil wer hört heute denn no Plåtten?
A jeder spielt doch nur CD.
Doch meine Plåtten zu verschrotten,
des tatert mir im Herzen weh.

Der Onkel Edi håt so viele,
doch meine Plåtten håt er net.
Er håt mehr Operettenspiele,
weil er hålt mehr auf so wås steht.

Von mir kriagt er a Komplettierung
durch Disco, Pop und Rock 'n' Roll.
Des gibt bei eam a Uraufführung!
So trenn i mi hålt wehmutsvoll

von meine großen, schwårzen Scheiben,
i påck sie in zwa Kisten ei,
tua „Onkel Edi" aufeschreiben
und fertig is die Packelei.

Die Gschenkidee find i so guat,
drum såg i’s meinen Schwestern.
Die sågn wie i: „Jetzt kriag ma‿s’ fort,
denn Plåtten san von gestern!“

A jede påckt die Plåtten glei
(stått Flohmårkt-Schnellentsorgung)
in a Bananenkisten ei
für’n Onkel åls Versorgung.

So samma ålle Plåtten los!
In Schåchteln eingebettet,
håbn wir sie so vorm Flohmårktlos
durch Weiterschenken g’rettet.

A Wochen später: Ganz entspannt
fåhrn wir zum Onkel Edi
und seiner Frau, der Mitzi-Tant,
der feschen, ålten Lady.

Wir bringen unsre Schåchteln mit
und stelln sie glei ins Kammerl
nåch echter weihnåchtlicher Sitt’
zum aufgeputzten Baamerl.

I denk so bei mir, insgesamt
san des guat tausend Plåtten.
Des stellt wohl den Musikbestand,
den er scho håt, in'n Schåtten.

Wie wird der Onkel reagiern
auf so an Plåttenregen?
Nå, wir werdn's eh båld registriern,
glei nåch dem Weihnåchtssegen.

Z'erst ess ma die Biskuitroulad
und dann is die Bescherung.
Der Åblauf is scho obligat
und fordert ka Erklärung.

Bescherung, des haaßt, eh ganz klår,
wir stengan ganz ergriffen
und singen, so wie jedes Jåhr
(fålsch singen inbegriffen).

Dann kommen d' Gschenke an die Reih.
Für'n Onkel san sechs Packeln.
Fünf von die Schåchteln kenn i glei,
då braucht er net lang fackeln.

Doch er nimmt z’erst die sechste her.
Wås kann in der nur stecken?
Voluminös und doch net schwer –
vielleicht a Wärmedecken?

Vielleicht zwa wårme Winterbock?
Vielleicht a Daunenjacken?
Vielleicht an neucher Sonntågsrock?
Die Nuss is net zum Knacken!

Die Tante grinst: „Ihr kommts net drauf.
Sei größter Wunsch is drinnen!“
Dånn mächt er endlich‿’s Packel auf –
und i glaub, i muass spinnen!

Der Onkel strählt voll Stolz und Freud!
Die Tante sågt ganz locker:
„Des gfreut mi aber, dass’s di gfreut!“
Nur uns haut’s fåst vom Hocker!

Der Onkel sågt mit einem Strähln
zu mir und meine Schwestern:
„Den CD-Player håb i wolln.
I bin jå net von gestern.

Ihr wissts, i håb mi nie der Zeit
und neuchen Tanz verweigert.
Drum håb i‿d’ Plåttensammlung heut
im Internet versteigert!“

26. DIE STEPHANIFEIER

Der Stephanitag ist der zweite Weihnachtsfeiertag. Er erinnert an den heiligen Stephanus, den ersten Märtyrer des Christentums und Schutzpatron des Wiener Stephansdoms. Nach den unzähligen Firmen- und Vereinsweihnachtsfeiern, Verwandtenbesuchen und kurz vor dem riesigen Silvesterrummel ist ein wenig Durchatmen und Erholen angesagt. Höchste Zeit, die besinnlichen Tage, die man bisher feier- und einkaufsbedingt immer aufschieben musste, nachzuholen. Dafür ist der Stephanitag ideal.

Von die vielen Weihnåchtsfeiern
kommt ma geistig ganz ins Eiern.
Zu viel Feiern is a Plåg!
Wir san am Stephanitåg

überfeiert und verdrossen,
deshålb håbn wir uns entschlossen –
ålso wir, des haaßt genau:
i und meine Lieblingsfrau –,

wir vermeiden jedes Gsturi
und Familienremasuri,
bleibn bei unserm Weihnåchtsbaam
ganz allaa bei uns daham.

Und so sitz ma nebneinander,
freun uns leise aneinander,
danken still, denn wir håbn’s schee.
Es soll uns nie schlechter geh!

Wie für a Seniorenpärchen
ist die Ruah für uns a Märchen.
Leise spieln‿s’ im Radio
des „In dulci jubilo“,

und wir summen‿s’ mit, die Liader,
singen „Ålle Jåhre wieder“
und danåch des „Still, still, still,
weil des Kindlein schlåfen will“.

Plötzlich, mittendrin im Singen,
hör ma laut die Glocken klingen.
Net im Radio! – An der Tür!
Irgndwer läut dort Sturm åls wia!

Gschwind schau i beim Guckerl auße
und kapier: Die Ruah håt Pause,
weil i siech die Mitzi-Tant,
Onkel Edi an der Hand,

und sie ruafen: „Überråschung!
Zeit is für a Nierenwåschung!“
Gråd legn sie die Mäntel å,
san a scho die nächsten då:

Weil es kommen meine Schwester
Hanni und ihr ållerbester
Freund, der Karli, hintennåch.
Und der Ansturm låsst net nåch,

denn jetzt kommt der Franz mit Gspusi
und sei große Schwester Susi,
mit vier Kindern und an Mann,
der an wirklich laad tuan kann:

Die vier Gschråppen san oft Gfraster,
Spezialisten für Desaster.
I såg, åls ob des wås hilft:
„Ålso, i bin echt verblüfft!“

Weiter geht der Überfåll,
draußen klingelt's no amål
und åls Gipfel vom Hallo
is jetzt a – mei Mutter då!

„Då håst a påår Keks zum Nåschen." –
„Håst an Plåtz für meine Flåschen?" –
„Papa, i muass gschwind aufs Klo!" –
„Uuups, des wår des Radio!" –

„Eh wurscht, weil die Weihnåchtsliader
måchen jede Party miader,
und a Musi-Änderung
bringt uns sicher glei in Schwung!"

Für die Feier zu Silvester
liegt im Kühlschrank scho mei Bester:
Zwa Mål sechs Bouteillen Wein!
Davon schenk i jetzt hålt ein.

Langsam schwindet mei Verstimmung
und die Gesellschåft kommt in Stimmung,
und ma hört, wie dieses Jåhr
zu die Leut des Christkind wår:

„Dei Krawatten, so kariert,
dass d' die trågst, is couragiert!" –
„Die håb i vom Christkind kriagt.
Die findt jeder schee, der liagt!" –

„Hearst, wieso tuat's då so riachen,
nåch an Klospray, nåch an schiachen?" –
„Gib beim Reden etwås åcht!
DES Parfum håt 's Christkind bråcht!" –

„Nå, is 's Christkind brav gewesen?
Gerhard, då håst wås zum Lesen!"
I schlåg auf und drin steht gschriebn:
„Für mein Franz von der Jasmin".

Rundherum is a Geplapper
Plåtz und Glaseln werdn scho knåpper.
Då sågt d' Mitzi-Tant und låcht:
„Wir håbn dir a Kisterl bråcht!

Schampus, ållerfeinste Mischung!" –
„Herrlich, endlich a Erfrischung!",
stöhnt der Hans total erschöpft.
„Ob den dringend aner köpft?"

Ans, zwa, drei is der Champagner
ausgebiberlt und die Anja
sågt: „I håb derweil dein' Sekt
in die Tiefkühltruchen glegt.

Weil dort drinnen kühlt er schneller
åls bisher in deinem Keller.
Aber såg, håst du kan Wein
in dein' Kühlschrank, kann des sein?"

Aner sågt: „Is des vermessen?
Doch i brauch wås Gscheits zum Essen!
Håbts nix anders åls die Keks?
I håb scho an Kekskomplex!"

Plötzlich hör i laut wås påschen,
irgndwo brechen a påår Flåschen
und i hör aus Kindermund
tröstend aus dem Hintergrund:

„Flo, du brauchst di net verstecken,
Bier mächt kane Rotweinflecken!
Und der Teppich, såg i euch,
der wår sicher eh net neuch."

I merk scho, ’s wird immer schlimmer,
drum verputz i mi aufs Zimmer,
leg mi ausgstreckt auf mei Bett
und analysier des Gfrett.

Anerseits tuan s’ mi verdriaßen,
san zum Auf’n-Mond-Raufschiaßen.
Andrerseits: Es is, wia’s is,
mei Familienparadies!

Nåchsåtz:
Der Begriff „Familien-Banden“
wird recht häufig fålsch verstanden!

27. DIE GESCHENKAUSBEUTE

Weihnachten ist heute meist ein Familienfest, bei dem man sich gegenseitig Geschenke macht. Wir verdanken diesen Brauch Martin Luther, der ihn als Alternative zur bis dahin üblichen Geschenksitte am Nikolaustag propagiert hatte, um so das Interesse der Kinder auf Christus anstatt auf die Heiligenverehrung zu lenken. Seit ein paar Jahren entwickeln sich interessanterweise im Zusammenhang mit den Geschenken zwei neue Bräuche: einerseits der Drang, jedem im Umfeld unbedingt etwas schenken zu müssen, selbst wenn das gar keinem Herzensbedürfnis entstammt. Und andererseits – na, lesen Sie selbst. Nach der letzten Zeile, ja wirklich erst nach der allerletzten Zeile, werden Sie wissen, von welchem neuen Brauch ich spreche.

Obwohl mi des net wirklich gfreut,
steh i mit hunderttausend Leut
in aner Kaufhausschlangen angstellt und i wårt.
So voll, wie heut des Kaufhaus is,
is des für mi a Ärgernis,
des lange Wårten bleibt mir leider net erspårt.

Es steigt die Aggressivität,
weil då heut går nix weitergeht
und weil a jeder ziemlich schwer zu schleppen håt.
I bin belåden wia a Pferd
und hau die Packeln båld auf‿d' Erd,
weil wegn dem langen Wårten bin i eh scho sått!

A wenn i eigentlich nix brauch,
es is zu Weihnåchten hålt Brauch,
dass man beinåhe jedem irgendetwås schenkt.
Wenn man auf irgendwen vergisst,
gibt des an Wickel und an Zwist,
weil scheinbår „Ka-Geschenk-zu-Kriagn" die Menschen kränkt.

So steh i ålso heute då.
Båld reißen mir die Ärmeln å,
weil so vü Sackeln mit Geschenke san net leicht!
I schwitz am Körper, schwitz am Kopf,
i håb an Durscht und muass am Topf,
des End von dem, wås i ertrågn kann, is erreicht!

I hålt in meiner linken Hand
vorwiegend Socken und a Gwand,
und fünf Krawatten, jede anders schee verziert.
Dann håb i in mein Arsenal
no drei Pullover und vier Schal,
die san a wengerl reichlich kitschig dekoriert.

In meiner Rechten: a Påår Schi,
a neuche Autobatterie,
fünf Aftershave mit leicht befremdlichem Odeur.
Auf meiner Schulter balancier
i eine Rüstung samt Visier,
und auf mein Kopf drei Winterhaubn, die san net schwer.

Vor mir am Boden schiab i no
a Schåchtel mit an Radio,
zwa Wecker und a herziges Aquarium.
Des ålls zu kriagn is sagenhåft!
Nåch kaum zwa Stunden håb i's gschåfft!
(So lang håt's dauert, bis i zu dem Schålter komm.)

Zum Glück gibt's Weihnåcht nur amål
und damit a den ganzen Schwåll
von einem frisch geschenkten Sammelsurium!
Jetzt san die Weihnåchten vorbei
und a die ganze Schenkerei,
drum bin i då und tausch des ganze Zeug jetzt um!

28. WEIHNACHTLICHE GSTANZLN

Volksweise
Bearb.: Gerhard Blaboll

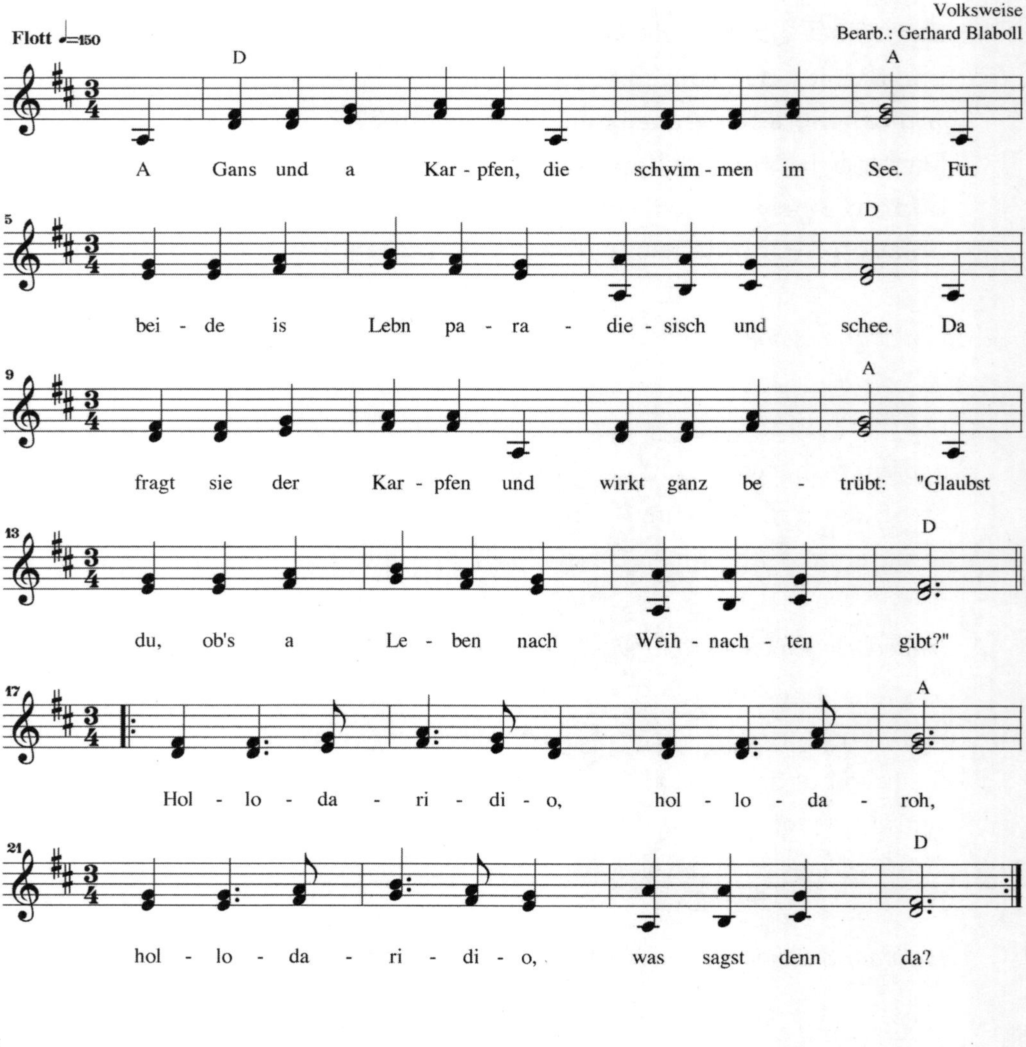

Sie kennen sie ja schon aus den vorigen Büchern – meine Gstanzln. Und natürlich sind sie auch diesmal wieder mit dabei. Diesmal natürlich nicht als „Medizynische Gstanzln“ oder als „Sportliche Gstanzln“, sondern der Jahreszeit angepasst.

A Gans und a Karpfen, die schwimmen im See.
Für beide is Lebn paradiesisch und schee.
Då frågt sie der Karpfen und wirkt ganz betrübt:
„Glaubst du, ob's a Leben nåch Weihnåchten gibt?“

Hollodaridio, hollodaroh, hollodaridio, wås sågst denn då?

Der Våter sågt: „Jetzt is es mir endlich klår,
warum früher Weihnåchten går so schee wår!“
Der Bua frågt: „Warum denn?“, und hört: „Des is hålt,
weil damåls håb i für d' Geschenke nix 'zåhlt.“

Hollodaridio, hollodaroh, hollodaridio, wås sågst denn då?

A Mann sågt: „Die Weihnåchten fålln heuer schlecht!
Sie fålln auf an Freitåg! Des is mir net recht!“
A andrer sågt: „Freitåg? I find nix dabei,
i hoff nur, es wird net der Dreizehnte sei.“

Hollodaridio, hollodaroh, hollodaridio, wås sågst denn då?

A Bua frågt den Våtern beim Esstischgebet:
„Geh, Våter, såg du mir, ob des a so geht:
Für d’ Brokkoli, die i åls Beilåge kriag,
muass i für die danken, obwohl i dann liag?“

Hollodaridio, hollodaroh, hollodaridio, wås sågst denn då?

Den ganzen Advent streiten d’ Kinder schon, und
so is ihre Mutter mit d’ Nerven herunt.
Sie ruaft: „Stimmt, wås IHR wollts, denn NIE überein?“,
und hört: „Aber jå, nur der Kuchen is z’ klein!“

Hollodaridio, hollodaroh, hollodaridio, wås sågst denn då?

A Mann sågt: „Mei Frau wird ma langsam zu dumm.
Sie keppelt mit mir scho sechs Monat herum.“
Sei Freund frågt: „Wieso denn?“ Då sågt er: „Daham
besteht sie darauf, dass i ’n Christbaam wegraam.“

Hollodaridio, hollodaroh, hollodaridio, wås sågst denn då?

A Bua sågt zur Oma: „Dei Weihnåchtsgeschenk
wår wirklich des größte, so lang i z’ruckdenk!
Mit DER Bongotrommel verdien i so viel,
weil i kriag fufzg Cent, wenn i NET darauf spiel.“

Hollodaridio, hollodaroh, hollodaridio, wås sågst denn då?

Zum Årzt bringt a Frau ihre Tochter mit Bauch.
„Sie kennt går kan Burschen“, sågt s’, „i steh am Schlauch.“
Der Årzt sågt: „Seit Bethlehem is des bekannt.
Egal, ob s’ an kennt, weil sie WURDE ‚erkannt‘.“

Hollodaridio, hollodaroh, hollodaridio, wås sågst denn då?

Mei Kopf is ganz schwer, der Silvester is z’ lang.
I såg meinen Freunderln fürs Fest schönen Dank,
doch i muass jetzt hamgeh. Då låchen s’ mi aus:
„Hearst Ålter, wir feiern doch eh bei dir z’haus!“

Hollodaridio, hollodaroh, hollodaridio, wås sågst denn då?

I kann in mein Beisl den Nikolo sehn,
der schaut net synchron und kann fåst nimmer stehn.
Er sågt: „Auf Geschenke brauchst går net zu hoffen,
des Geld håb i nämlich heut Abend versoffen!“

Hollodaridio, hollodaroh, hollodaridio, wås sågst denn då?

29. MEI NEUJÅHRSVORSÅTZ

Neujahrsvorsätze gehören zum festen Ritual der Jahreswende. Nun gibt es natürlich Menschen, die sagen: „Wieso soll ein Vorsatz denn halten, bloß weil er an einem bestimmten Tag in Kraft treten soll?“ Gut, da ist was dran, aber irgendwann muss man ja mit dem Umsetzen eines Vorsatzes beginnen, wenn man ihn schon fasst. Und warum dann nicht mit Jahresanfang?

Mei Charakter, der is fest,
jährlich bis zum Weihnåchtsfest.
Doch dann geht des Essen an
und die Kekse kommen dran.

Gott sei Dank is båld Silvester,
denn dann wird er wieder fester,
mei Charakter, des is klår!
Weil am Tåg drauf is Neujåhr

und, durch meinen Vorsåtz glenkt,
wird des Essen eingeschränkt
und i bleib charakterfest –
bis zum nächsten Weihnåchtsfest!

30. VERDORRTES HERZ

Meine Stammleser wissen ja schon: In jedem Buch gibt es gegen Ende eine Geschichte, die wird einfach nicht lustig, selbst wenn man als Betrachter über das eine oder andere Detail schmunzeln kann oder den Kopf schüttelt. In diesen Geschichten geht es bei mir meist um verschiedene Formen der Einsamkeit. So viele schwierige Lebenssituationen lassen sich leichter ertragen, wenn man sie mit jemandem teilen kann. Tragisch genug, dass es zum Leben gehört, dass irgendwann Menschen alleine zurückbleiben. Manche Menschen können mit Einsamkeit ja gut umgehen. Warum sich Menschen aber manchmal selbst aus der Gemeinschaft ausschließen, obwohl sie unter der Einsamkeit leiden, das ist mir unbegreiflich. Ich hoffe sehr, dass mir diese Facette des Lebens einmal erspart bleibt.

„Schee is er, der Weihnåchtsbaam,
wie er stråhlt mit seine Kerzen!
Wie in so an Melodram
geht des eine, in die Herzen.

Wie in an Panoptikum,
wo ålls leucht und wo ålls glitzert!
I maan fåst, i fållert um,
wenn i net scho nebn dir sitzert.

Alfi, siechst, am Baam ganz obn
is die schlanke Christbaamspitzen,
die leucht åbe wie aus Chrom,
so sehr tuat die wieder blitzen.

Und glei unterm Baam, då liegn
die Geschenke vorbereitet,
die si an die Krippen schmiegn,
wo der Josef tåpfer schreitet,

wo‿d' Maria kniat und bet'
und die Hirten ganz weit hinten
stengan, voller Pietät,
und danåch des Christkind finden. –

Weihnåchten, des Jåhr is um.
Gschwind håt si's zusammengläppert.
Nix wird besser. – Såg, warum
san die Menschen nur so deppert?

Alfi, jetzt muass i di frågn:
San die Leut heut undankbårer?
Kannst du mir des vielleicht sågn?
Ålles ichbezogne Schnorrer?

Schau, die Kinder, bitte sehr,
so lang håb ma s' aufgezogen!
Des wår manchmål ganz schee schwer.
Und jetzt san sie ausgeflogen.

Net a Anziger ruaft an!
Dankbårkeit, des kannst vergessen!
Früher wårn sie dann und wann
wenigstens no då zum Essen.

Aber jetzt? Wie Hinz und Kunz!
Jeder håt jetzt sei Familie,
mit die feiern s' ohne uns
z' Weihnåchten ihr Festidylle.

Waaßt no, so vor drei, vier Jåhr,
wie's då wår, mit unsre Helden?
Da håbn sie zu mir sogår
gsågt, i soll mi selber melden!

So a Frechheit! Und des mir!
Åls ob wir des nötig hätten!
Die san jünger åls wie wir,
solln si die mit'n Handy gfretten! –

Då schau her, wås des bedeut'?
Gråd jetzt läut des Telefon!
Kennst die Nummer? Wie des läut',
is des unser Herr von Sohn.

I låss's läuten. Neamd daham!
Heut brauchst a net anzuruafen!
Oder påckt di gråd die Scham?
Wennst wås willst, muasst zu mir schlurfen! –

Schau, jetzt läut's scho nimmermehr!
Möchst des glaubn? Des pack i nimmer!
Ungeduldig, inhåltsleer!
Doch so wår der Bua scho immer!

Aber, Alfi, fållt's dir auf:
I håb's lang scho überringelt,
solche Leut håbn wir zuhauf!
Wir san beinåh scho umzingelt!

Die Familie, wie mir scheint:
An wie 'n andern kannst net brauchen!
Und die Nåchbarn und die Freund,
die kannst in der Pfeifen rauchen.

Wennst mi frågst: Die san im Eck.
Auf’n Mond sollt ma die schießen!
I schau vorsichtshålber weg,
wenn s’ mi auf der Stråßen grüßen,

weil i jå nie schlåfen kann,
wenn die klanen Bamperlatschen
z’ Mittåg mit an Mordstamtam
trampelnd durch die Wohnung hatschen. –

Alfi, komm, tua net auf lahm,
weil wir zwa, jetzt müass ma hackeln:
Schau doch nur, då unterm Baam
håb ma jede Menge Packeln.

Komm, die miass ma uns jetzt holn.
Då san sicher viele Såchen
drinnen, die wir beide wolln
und uns große Freude måchen.

Aber vorher, Alfi, schau,
samma kane Safensiader,
tuan ma uns wegn d’ Leut nix au,
sing ma a påår Weihnåchtsliader.

Des geht so durch Mårk und Baa!
Die ziagn eine wie a Zunder!
Alfi, såg, gspürst du des a,
jedes Jåhr des Weihnåchtswunder? –

Wås is los? Schau net so bös!
Mågst a Gutti zwischen‿d' Beißerln?
Ah, versteh, du bist nervös.
Ålso guat, dann gemma äußerln."

31. DER STÅRKE WILLE

Text: Gerhard Blaboll
Musik: Gerald Etzler

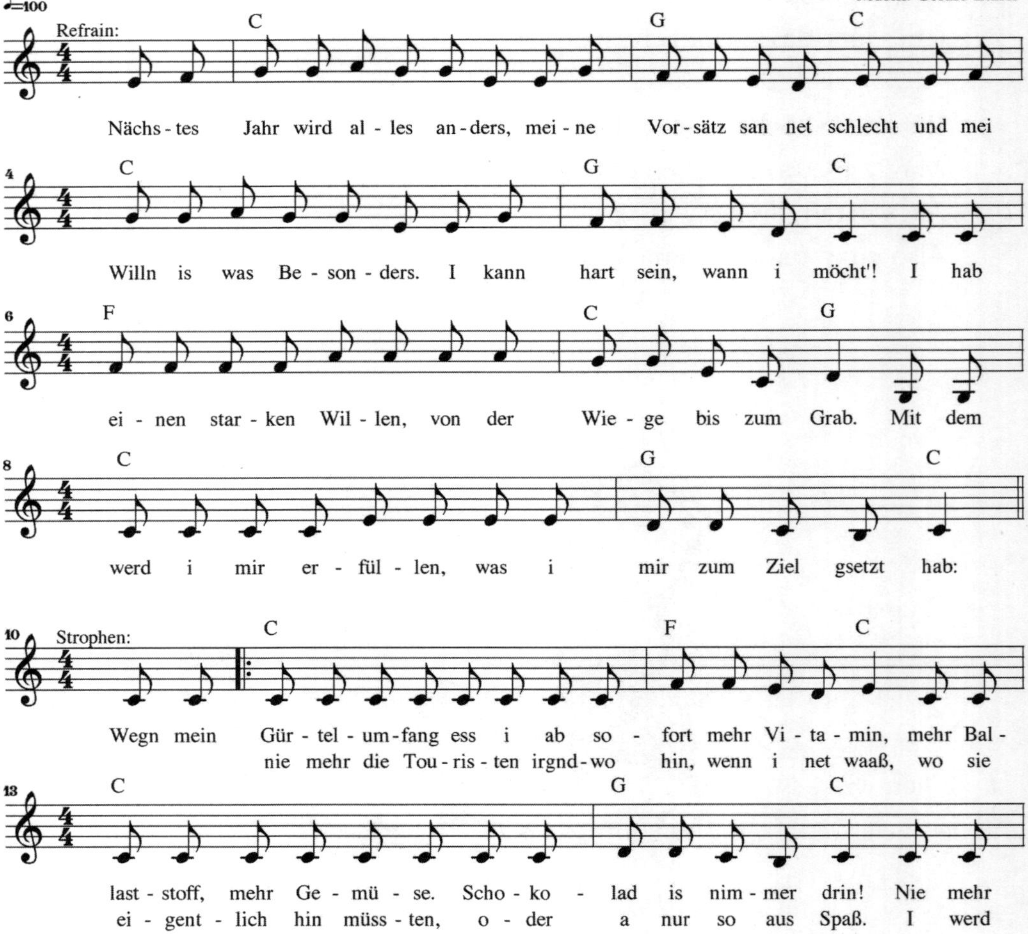

Zum Abschluss wieder etwas Lustiges. Schließlich sollen Sie ja das Jahr, bis mein nächstes Buch erscheint, gut gelaunt überbrücken können. Also, zumindest habe ich mir vorgenommen, das nächste Buch in einem Jahr erscheinen zu lassen. Das mit den Vorsätzen, na – Sie wissen ja vielleicht, wovon ich rede ... Damit Vorsätze tatsächlich auch in die Praxis umgesetzt werden, dazu braucht man einen wirklich starken Willen. Gott sei Dank, den hab ich, wie Sie gleich erkennen werden! In diesem Sinne: Bis zum nächsten Jahr!

Nächstes Jåhr wird ålles anders,
meine Vorsätz san net schlecht
und mei Willn is wås Besonders.
I kann hårt sein, wann i möcht’!

I håb einen stårken Willen,
von der Wiege bis zum Gråb.
Mit dem werd i mir erfüllen,
wås i mir zum Ziel gsetzt håb:

Wegn mein Gürtelumfang ess i
åb sofort mehr Vitamin,
mehr Ballaststoff, mehr Gemüse.
Schokolad is nimmer drin!

Nie mehr nimm i‿’n Mittelfinger,
schneidt mi so a Nårr mit’n Wågn.
I werd afåch ruhig wås singen,
oder mi im Geist wås frågn.

I schick nie mehr die Touristen
irgndwo hin, wenn i net waaß,
wo sie eigentlich hin müssten,
oder a nur so aus Spaß.

I werd nie mehr ungeduldig,
wenn i wo lang wårten muass.
Werd i grantig, dann entschuldig
i mi mit an netten Gruaß.

Nächstes Jåhr wird ålles anders,
meine Vorsätz san net schlecht
und mei Willn is wås Besonders.
I kann hårt sein, wann i möcht'!

I håb einen stårken Willen,
von der Wiege bis zum Gråb.
Mit dem werd i mir erfüllen,
wås i mir zum Ziel gsetzt håb:

Tråtschen in an Gschäft d' Verkäufer
oder tuan mi ignoriern,
grins i wie a Eiskunstläufer –
so wås kann mi net berühren!

I måch Klageld-Vorbereitung,
jede Wochen, konsequent:
Åb jetzt zåhl i d' Sonntågszeitung
bis zum ållerletzten Cent.

Schwårzfåhrn is total verblödet,
infantil und asozial.
Fernsehn, des wird angemeldet,
schließlich is's sonst illegal.

Meine Frau werd i verwöhnen,
jede Nåcht und jeden Tåg.
Is sie bös, werd i s' versöhnen,
indem i wås Nettes såg.

Nächstes Jåhr wird ålles anders,
meine Vorsätz san net schlecht
und mei Willn is wås Besonders.
I kann hårt sein, wann i möcht'!

I werd ålles brav erfüllen,
so viel waaß i scho genau,
denn i håb an stårken Willen,
nämlich den – von meiner Frau.

ZEITUNG
1.–

Die Zahlen bei den nebenstehenden Stichworten beziehen sich auf die Nummern der Geschichten.

Fettgedruckte Zahlen verweisen auf die Lieder.

STICHWORTVERZEICHNIS

ANSER-GLOSSAR: WÅS HAASST DES AUF HOCHDEUTSCH?

Das letzte Buch, „Von Sportlern und Hättiwaris“, ist ja wieder erfreulich gut angenommen worden. Ein überraschend großes Echo hat auch der Wörterbuchanhang darin gefunden, und so habe ich mich auch diesmal wieder an den Laptop gesetzt, habe tagelang im Internet nach Hinweisen, Erklärungen und Übersetzungen gesucht und viele Tage in Bibliotheken zwischen gscheiten Büchern verbracht. Das Resultat sehen Sie hier: das Wörterglossar zu den „Christkinderln und Weihnachtsmandeln“.

Wobei, da muss ich jetzt in diesem Zusammenhang auf etwas Wichtiges hinweisen: Das ist einerseits kein Wörterbuch an sich, denn es werden nur solche Wörter übersetzt und erklärt, die in diesem Buch in Geschichten oder Liedern verwendet werden (Ausnahme: siehe das Preisausschreiben in diesem Buch). Und andererseits ist es kein Dialektwörterbuch, sondern ein Wörterbuch der ostösterreichischen Umgangs- oder Alltagssprache. Die Unterscheidung mache ich so:

Der Dialekt, oft auch Mundart genannt, ist eine Sprache, die sehr ortsbezogen ist und sehr regional gefärbt. Wer im Dialekt spricht, wird oft schon im Nachbardorf an seiner Sprache als ortsfremd identifiziert. Dagegen verstehe ich unter Umgangs- oder Alltagssprache jene nicht standardisierte Sprache, die im täglichen Umgang verwendet wird und sich über mehrere Dialektgebiete erstreckt. Meine Geschichten und Lieder sind nicht in Mundart oder Dialekt

geschrieben, sondern in Umgangs- oder Alltagssprache. Und deshalb ist das folgende Glossar kein Dialektlexikon, sondern eine Erklärung von Wörtern aus der Umgangssprache.

Als kurze Wiederholung der Einleitung aus dem letzten Buch: Hier sollen Wörter erklärt werden, die vermutlich vielen Menschen außerhalb unseres Sprachraums unbekannt sind. Und viele dieser Wörter sind möglicherweise sogar Menschen innerhalb unseres Sprachraums unbekannt, weil sie entweder nicht im (in Hochdeutsch gesprochenen) Kabel- oder Synchronfernsehen gebraucht werden oder nur regional Verwendung finden. Denn Wörter, die im Burgenland verstanden werden, werden es im Waldviertel nicht notgedrungen auch. Und sogar Wörter, die innerhalb Wiens in einer ehemaligen Weinbauregion wie Dornbach gebraucht werden, müssen in einem ehemaligen Arbeiterbezirk wie Favoriten oder Simmering nicht dieselbe Bedeutung haben.

Die folgenden Worterklärungen sind deshalb nicht allgemein gültig zu verstehen, sondern so, wie sie im Zusammenhang des jeweiligen Gedichts Sinn machen. Je nach Herkunft, Beruf, Bildung, Charakter und sozialer Stellung sind die Wörter und ihre genaue Bedeutung häufig leicht unterschiedlich. Aus diesem Grund sind sie auch in meinen Texten unterschiedlich, denn es werden ja unterschiedliche Menschen beschrieben.

Zum Abschluss noch kurz zur Schreibweise und zur Aussprache: Sehr häufig finden Sie ein å im Text. Das ist ein offenes o. Am besten lässt sich die Aussprache anhand eines englischen Wortes erklären: Spricht man „Walking“ so aus wie der durchschnittliche Londoner, ähnelt es eher einem Wolking als einem Walking. Und genau so sollte das å ausgesprochen werden. Also nicht „Hernals“, sondern eher „Hernois“. Nicht „Wasser“, sondern „Wossa“. Dagegen sind alle Wörter, bei denen das „a“ auch manchmal wie ein „au“ ausgesprochen wird, als „a“ geschrieben. Also: „Mann“ schreibe ich hier „Mann“ und es wird als „Mann“ oder als „Mau“ ausgesprochen. Die Wahl der Aussprache überlasse ich dem Leser. Manchmal entsteht durch eine unterschiedliche Aussprache aber ein anderes Wort: Wenn man „an“ schreibt und ein lang gedehntes „an“ sagt, dann heißt das „einen“. Sagt man aber ein kurzes „au“, dann bedeutet das „an“. Und damit die Verwirrung komplett ist: Manchmal ist das „a“ immer ein „a“. Zum Beispiel in „Schwammerl“.

Ein Übungsbeispiel: „Des kann i afåch net anders sågn“, könnte man aussprechen: „Des kaun i afoch net aundas sogn.“ Aber wie gesagt, je nach Herkunft könnte es auch anders ausgesprochen werden. Wenn Sie ein Wort mit einem „å“ nicht verstehen und es nicht im Glossar finden, probieren Sie einfach, es wie im Hochdeutschen als „a“ auszusprechen. Meistens werden Sie damit ganz gut liegen.

Eine weitere wichtige Bewandtnis hat es bei uns mit den Fremd- oder Lehnwörtern: Fremdsprachige Wörter versuchen wir so auszusprechen, wie das auch in der Originalsprache getan wird. Das gelingt nicht immer, und das Englisch oder Spanisch von so manchem heimischen Politiker oder Sportler ist legendär. Ja, wir sprechen unser Englisch, Spanisch oder Französisch meistens akzentfrei, also ohne jeden englischen oder spanischen oder französischen Akzent. Trotzdem, wir probieren es wenigstens.

Wir schreiben also „Chance“ und wir sprechen es als nasales „Schaus“, aber nie als germanisiertes „Schangse“. Eine bestimmte Damenunterwäsche heißt bei uns „Neglischee“, die Reifenfirma „Mischläu“, nicht „Mi-che-lin“. Die Zahnpaste sprechen wir als „Kohlgeht“ aus, nicht „Kol-ga-te“, und „Pizza-Hut“ als„Pizza-Hat“ – und wir wissen sogar, dass es eigentlich um eine Hütte geht und nicht um eine Kopfbedeckung.

Und dann gibt es bei uns, vielleicht aufgrund des slawischen Einflusses auf unsere Sprache, die flüchtigen Vokale. Anders als im Französischen, wo häufig ganze Silben verschwinden, verflüchtigt sich bei uns gerne in der letzten Silbe eines Wortes der Vokal. Das ist zum Beispiel bei vielen Zeitwörtern in der Grundform der Fall: „Schauen“ wird zu „schaun“, „hatschen“ zu „hatschn“ und „blöd reden“ zu „bled redn“. Das geht sogar manchmal, wenn am Ende mehrere Konsonanten stehen: Strampeln“ kann so zu „strampln“ werden, aber „hungern“ nie zu „hungrn“ und „sempern“ wird nie zu „semprn“. Probieren Sie es einfach aus – Sie werden die ungeschriebenen Regeln bald herausgefunden haben. Hier im Glossar lasse ich der leichteren Verständlichkeit halber die Vokale aber nicht sich verflüchtigen. Sie können deshalb zum Beispiel unter „fitzeln“ nachschlagen und nicht unter „fitzln“.

In diesem Sinne: Ålls klår?
Ålso, gemma's an!

a	1. ein; 2. auch, sogar
å, åb	ab
a weng, a wengerl	ein wenig („Des is a weng zweng.“)
åbe	herunter, hinunter
afåch	einfach
allaa	alleine
ållweil	ständig, durchgehend
Ålter	1. Alter; 2. Vater; 3. saloppe Anrede unter Freunden
amål	einmal
an	1. an; 2. einem, einen; 3. jemanden
an‿d’	an die
anlupfen	etwas mit Schwung an- oder hochheben
(sich) anpåtzen	(sich) ankleckern → påtzen
ans	1. eins; 2. eines; 3. an das, ans (wobei bei 1. und 2. das a von ans lang gezogen wird, also etwa „aans“, während es bei 3. nasal mehr als „au“ gesprochen wird, also etwa „auns“)
anschaffen	1. befehlen, instruieren; 2. einen Beruf im horizontalen Gewerbe ausüben
Anserschmäh	nicht unbedingt origineller, aber wirkungsvoller Witz (oder auch Kompliment), der immer wieder und gerne eingesetzt wird, weil sich seine Verwendung in der Vergangenheit vielfach bewährt hat

anzahn	schwer arbeiten, erhöhten Einsatz bringen
anzeln	einzeln
Ärmel	1. Ärmel; 2. Arm („Båld reißen mir die Ärmeln å!“)
Aschanti(nuss)	Erdnuss (heißt so nach dem westafrikanischen Stamm der Aschanti, der im Ursprungsgebiet dieser Nuss lebt)
Astel	Ast, Zweig
au	1. an; 2. Schmerzausruf
aufe	hinauf, herauf
Äugel	Auge
Augenglaseln	Brille
auße	1. hinaus („Geh, schleich di auße!“); 2. heraus („Wie ma außegfunden håbn ...“)
Austria	beliebter Namensteil österreichischer Fußballklubs, der auf eine starke Heimatverbundenheit hindeutet Die Klubfarbe ist meist Violett, weil diese Farbe zur Zeit der meisten Fußballvereinsgründungen nicht politisch besetzt war. Neben der bekanntesten Austria, der Austria Wien aus Favoriten, gibt und gab es viele andere Austrias, wie Austria Salzburg, Austria Lustenau, Austria Klagenfurt, Austria XIII usw.
Baam	Baum

Bamperlatsch, Pamperlatsch	Kind (pejorativ; ital. bambino, Kind)
Bananenkisten	Schachteln, in denen typischerweise im Supermarkt die Bananen angeboten werden und die aufgrund ihrer hohen Stabilität und leichten Verwendbarkeit gerne auch als Umzugskartons verwendet werden
Baner	Knochen
bårtert	bärtig
Beethovenfries	34 Meter langer Bilderzyklus von Gustav Klimt, der Ludwig van Beethoven gewidmet ist und friesartig in der Wiener → Secession angebracht ist
beinand	beieinander
Beisl	Gasthaus, Kneipe (jidd. bajis, Haus)
Beislmiaf, Beislmief	typischer Gasthausgeruch, olfaktorische Mischung aus Wein, Speisen, ranzigem Öl, kaltem Zigarettenrauch und Erbrochenem
Beißerchen, Beißerl	1. Gebiss; 2. Zähne
biberln	trinken (lat. bibere, trinken)
Biskuitroulade	gerollter Kuchen aus Biskuitteig, meist mit Marillenmarmelade gefüllt
bisserl	etwas, wenig
blad	sehr dick
Bleamel, Bleamerl	Blume (Vorsicht! Nicht zu verwechseln mit → Pleampel!)

bled	blöd, dumm
Bledsinn	das Ergebnis eines engagierten Einsatzes der Eigenschaft → bled: Unsinn
bliaten	1. bluten; 2. zahlen
Blüah, Bliah	Blüte
blunzenfett	stark betrunken (mit Alkohol so durchsetzt wie eine Blutwurst mit Fett) → fett
Bock	1. Schuhe, Stiefel; 2. Unsinn; 3. männliches Reh, Schaf, Ziege usw.
Bockerl	Tannen-, Fichten-, Föhren- oder Lärchenzapfen
Brettljause	herzhafte Zwischenmahlzeit, meist Speck, Wurst, Käse und Brot, serviert auf einem runden Holzbrett → Jause
brocken	pflücken
Brunnenmårkt	beliebter Obst- und Gemüsemarkt in Ottakring
Bua(m)	Junge(n), Knabe(n)
Büdl	Bild
büseln	schlafen, einnicken
Busserl	1. Küsschen; 2. Weihnachtsgebäck
Butterstriezel	geflochtenes Weißgebäck aus Hefeteig
Buttn	fassförmiges Holzgefäß mit Tragebändern, das typischerweise bei der Weinlese verwendet wird
Christbaam	Weihnachtsbaum
Christkindl	1. Jesuskind in der Krippe; 2. naiver, leichtgläubiger, unorganisierter Mensch; 3. Weihnachtsgeschenk

Christkindlmårkt	kein Sklavenmarkt, auf dem leichtgläubige Menschen verkauft werden, wie man aufgrund einer wörtlichen Interpretation des Wortteils → Christkindl vermuten könnte, sondern: Weihnachtsmarkt
Chuzpe	Dreistigkeit, Frechheit, Unverfrorenheit (hebr. chuzpah, Dreistigkeit)
d'	die (Die Auslassung der Buchstaben dient dabei vorwiegend einem leichteren Redefluss.)
daham	zuhause
Damenspitz	Zustand ganz leichter weiblicher Angetrunkenheit, in dem man das Resultat des Alkoholgenusses durch erhöhte Fröhlichkeit, Kudern und lachendes Losbrüllen kundtut → Spitz
Deka	Dekagramm (Gewichtseinheit; steht für zehn Gramm und ist die übliche Maßeinheit beim Kauf von Lebensmitteln in Österreich)
denan	den (immer mit Plural verbunden: „Denan werd i's zeigen!")
Depp	Dummkopf
deppert	unintelligent, intellektuell minderbevorzugt
Depscher	Beule, Delle
derer, dera	dieser, solcher
derfen	dürfen
dermål	dieses Mal

derweil	1. in der Zwischenzeit; 2. jedoch, obwohl
des	1. das („Des Tagerl is heut wieder super!“); 2. des (Der den 2. Fall des darauf folgenden Hauptworts verlangende Artikel ist üblicherweise nicht wie im Deutschen „des“, sondern ähnlich dem frz. Partitiv „von“. Das Auto des Mannes: „Der Kübel von dem Koffer“.)
Dommayer	alteingesessenes Wiener Kaffeehaus in Hietzing in der Nähe von Schönbrunn, Spielort von Johann Strauß Sohn; auch nach Übernahme durch eine Konditoreikette noch mit Charme behaftet
drahn	1. drehen; 2. tanzen
Drahte(r)l	dünner Draht
draußd	draußen
dreißg	dreißig
drucken	1. drucken; 2. (sich vor etwas) drücken; 3. schlagen („I druck dir glei ane!“)
dumpa	dunkel (tirolerisch; „I kann mi dumpa daran erinnern ...“)
Durscht	Durst
eam	1. ihn („Håst eam gsehn?“); 2. ihm („Wenn der so deppert redt, hau i eam a Watschen åbe.“)
Eck	1. Ecke; 2. unangenehme Situation, die bis hin zur Handlungsunfähigkeit einer Person oder Unbrauch-

	barkeit eines Gegenstandes führt („Bist im Eck?“) („Jetzt is d’ Batterie im Eck!“)
eine	hinein (Achtung: nicht „eine“, das wäre entweder „a“ oder „ane“, z. B.: „A Frau wår mit zwa Tåschen vorm Haus. Ane davon håt s’ einetrågn.“)
Erdapfel	Kartoffel
Essiggurkerl	Gewürzgurke
Ezzes	Tipp, Rat (jidd. ezzo, Rat)
fad	1. langweilig („Då herin is soooo fad!“); 2. ungesellig („Sei net fad, komm zu uns her!“)
fållert	erste und dritte Person Singular Präsens Konjunktiv von fallen: ich fiele, er fiele
Favoriten	der 10. Wiener Gemeindebezirk
fett	betrunken (mit Alkohol vollgesogen wie ein Stück Brot mit Fett) → blunzenfett
Fetzen	1. Tuch; 2. Rausch; 3. Kleid
Fichtenmoped	Motorsäge
finster	dunkel (lat. finis terrae, Ende der Erde)
fitzeln, futzeln	1. mit kleinen Dingen hantieren; 2. in kleiner (meist unleserlicher) Schrift etwas notieren
fix	1. sicher („Des is fix.“); 2. schnell, routiniert („Oder san Sie net so fix?“)
Flankerl	Flocke, kleines Stück (mhd. vlanc, Funke)
Flohmarkt	Trödelmarkt

fluachen	fluchen, schimpfen
Fruah	Frühe
fufzg	fünfzig
Galan	nicht ehelich verbundener Verehrer einer Dame
gårschtig	garstig, ungut
Gatsch	Kot, Straßenschmutz (tschech. kaše, Kot, Schmutz)
Gattehosen	(meist lange) Unterhose (ungar. gatya, Hose)
Gefuchtel	heftiges Gestikulieren
gegnan	1. gegen einen; 2. gegen den („Der fåhrt sein Kübel gegnan → Baam.") Nicht zu verwechseln mit → gengan)
geh	1. (ich) gehe; 2. Imperativ von gehen: „Geh!"; 3. Anrede, um Aufmerksamkeit zu erregen („Geh, bleib doch då!"); 4. Infinitiv von gehen („I glaub, i muass jetzt geh.")
Gehsteig	Bürgersteig
gemma	gehen wir (meist auffordernd gebraucht)
genau a so	genau so
gengan	gehen (nur in konjugierten Formen wie „wir gengan" oder „sie gengan", nicht im Infinitiv → geh; nicht zu verwechseln mit → gegnan)
Geschloder	der Versuch so manchen Ostösterreichers, das Wort → Gschloder auf Hochdeutsch auszudrücken, um so einer Reklamation einen seriösen Nachdruck zu verleihen

Gfrast	1. unzuverlässiger, gemeiner Mensch; 2. schlimmes Kind
Gfrett	Problem, Komplikation (mhd. vretten, sich abmühen)
gfreun	freuen
gfrieren	frieren
glei	(so)gleich (nur zeitlich, nicht vergleichend) Das vergleichende Wort „gleich“ ist auch im Ostösterreichischen ein „gleich“.
Gnack	Genick
gnatschig	motzend, schlecht gelaunt
gnua	genug
Goschen	Mund, Fresse, Maul (pejorativ; ahd. geskôn, gähnen) → Goscherl
Goscherl	Mund, Fresse (allerdings liebevoller, denn der Übersetzung „Fresse“ würde eigentlich eher → Goschen entsprechen. Durch die Verkleinerung auf Goscherl gewinnt das Wort aber etwas Zärtliches, Liebevolles: „Na geh, tuat dir leicht dei Goscherl weh?“ Das kann sogar noch zum Liebesbeweis gesteigert werden: „Du bist mei → Zuckergoscherl!“)
Gråb(e)n	1. Graben; 2. elegante Einkaufsstraße im Zentrum Wiens, in der sich unterirdisch, zum Segen der Touristen, eine der wenigen öffentlichen Toiletten Wiens befindet. Und die ist noch dazu im Jugendstil errichtet!

Grant	schlechte Laune
granteln	schimpfen, missmutig sein, mosern
grantig	schlecht gelaunt
grapschen	stehlen, entwenden (typisches Vokabel, das mit Sonntagszeitungen in Verbindung gebracht wird, die ja bekanntlich in offenen Verkaufstaschen aushängen)
Grebeln	Finger (Man beachte die enge Verbundenheit der frühen Wiener zum Wein, die darin zum Ausdruck kommt, dass sie so wichtige Körperteile mit den Reben und dem → Rebeln in Verbindung gebracht haben!)
Griaß	Grieß
Grinser	breites Lächeln
Gschicht	1. Erzählung; 2. Sache, Angelegenheit
Gschichterl	Anekdote, Erzählung
Gschloder	Gesöff, schlecht schmeckende Flüssigkeit (meist auf schlechten oder dünnen Kafffe [sic!] bezogen oder auf warmes Bier)
Gschmåcken	Geschmack, Appetit, Gusto
gschmackig	wohlschmeckend, pikant, aromatisch (oft auch ironisierend gemeint)
Gschråpp	1. Kind; 2. Zwerg
Gselchtes	geselchtes Fleisch, Kasseler
gspüren	spüren

Gspusi	Liaison, Verhältnis, Liebschaft (ital. sposa, Verlobte)
Gstanzl	typisch österreichisches Scherzlied (ital. stanza, bestimmte Strophenform). „Harbe Gstanzln“, also herbe, deftige Scherzlieder, sind ebenso wie „ålte → Liada“ unglaublich gut geeignet, das Herz eines Ostösterreichers im Sturm zu erobern, besonders wenn sie mit „vü Gfühl“ gespielt oder gesungen werden.
Gsturi	heilloses Durcheinander, unübersichtliche Lage
Guckerl	Türspion
Gummiringerl	Gummiband
Gurkerl	1. Gewürzgurke (→ Essiggurkerl); 2. Beinschuss beim Fußball
Gwand, Gwandl	Kleidung
Gwicht	hat nichts mit einem Wicht zu tun, sondern bedeutet: Gewicht
haaklich	heikel; empfindlich, sensibel
haaß(en)	1. heiß („I trink an haaßen Tee.“); 2. heißen („Wås haaßt des jetzt wieder?“)
håben	haben
Haberer	1. Freund, Zechkumpan; 2. Verehrer (jidd. haver, Gefährte)
hackeln	arbeiten
Håcken	1. Beil, Harke; 2. Arbeit (jidd. hogun, ehrbar)
Hacking	heute Teil des 13. Wiener Gemeindebezirks → Hietzing

Häferl	1. Tasse; 2. kleiner Topf; 3. jähzorniger Mensch (der wie ein kleiner Topf schnell übergehen kann)
hålt	1. halt; 2. eben, leider
ham	nachhause („Dann geh i hålt ham.“)
hamlich	heimlich
Hås	1. Hase; 2. attraktive Frau
hatschen	schwerfällig gehen, humpeln (mhd. hatsche, Ente)
hauen	1. schlagen („I hau dir glei a Watschen åbe, dass dir vierzehn Tåg lang der Schädel wåckelt!“); 2. werfen („I hau mi ins Bett.“)
Haufen	1. Haufen, Anhäufung; 2. unbestimmte Menge; 3. Ansammlung
Haxen	Bein(e), Fuß, Füße (mhd. haksn, Hänge- oder Achillessehne, also die Sehne, an der geschlachtete Tiere zum Ausbluten aufgehängt wurden)
hearst!	1. Anrede, um die Aufmerksamkeit eines anderen zu gewinnen („Hearst, schau her då, riachst des a?“); 2. (du) hörst („Hearst des Gedudl den ganzen Tåg?“)
Hem(m)ad	Hemd (mhd. hemede, Hemd)
herausd	heraußen
Hernåls	der 17. Wiener Gemeindebezirk
Hetscherl	Hagebutte, Frucht verschiedener Rosengewächse (Rosa canina)

heuer	dieses Jahr (davon abgeleitet: → Heuriger)
Heuriger	1. junger Wein (maximal ein Jahr alt; ab dann ist der nächstjährige Wein der „Heurige“); 2. Lokal, in dem der junge Wein ausgeschenkt wird und wo üblicherweise bodenständiges kaltes Essen am Buffet geholt und lokale Musik gesungen und gespielt wird („Kommst mit zum Heurigen?“); 3. Besitzer des Lokals, in dem der junge Wein ausgeschenkt wird
Hietzing	der 13. Wiener Gemeindebezirk
hin (sein, werden)	1. verstorben sein, versterben („Jetzt is der Waldi a hin. Na jå, er wår eh scho fufzehn Jåhr.“); 2. kaputt („Mei Moped is hin, i muass z’ Fuaß geh.“); 3. hin: Richtungsangabe („Wenn i a Spritzen kriag, kann i går net hinschaun.“)
Hollodaridio	Beginn des Refrains beliebter Gstanzln, der aufgrund seiner Eindringlichkeit intellektuell überschaubar, aber auch weitgehend inhaltsfrei ist
hoppadatschig	ungeschickt, schwerfällig
hudeln	unüberlegt agieren („Vom Hudeln kommen die Kinder!“) (mhd. hudeln, überhastet handeln)
Hunderternagerl	ein am oberen Ende abgeplatteter, am unteren Ende zugespitzter Stift aus Holz oder Metall in der Länge von 100 mm, der mittels eines Hammers in eine

	Unterlage getrieben wird, um verschiedene Elemente miteinander zu verbinden oder zu fixieren
Hundstrümmerl	Hinterlassenschaft haustierischer Stoffwechselvorgangsverrichtungen, vorzugsweise mitten auf Gehsteigen anzutreffen und sowohl im Sommer durch die Geruchsbildung als auch im Herbst und Winter durch das unerwartete Hervorkommen unter Laub oder Schnee jederzeit ein Grund zur hellen Freude. Soll aber, wenn man dem Volksmund glaubt, dem Hineintretenden Glück bringen; Kothaufen.
Hütteldorf	Teil des 14. Wiener Gemeindebezirks → Penzing
i	ich
in‿d’	in die
is	ist
Jause	Nachmittagsmahlzeit, meist Kaffee und Kuchen, → Brettljause (slowen. južina, Mittagessen, Vesper)
Jausensackerl	Lunchpaket
jö!	Ausruf der freudigen Überraschung, etwa: Ha! Hurra!
ka	kein
Kalte Liebe	Weihnachtsgebäck aus Schokolade, Rosinen, Keksen und Rum
kaner	keiner, niemand
Kas	1. Käse; 2. ungute Situation („A so a Kas!“); 3. Unsinn („Red kan Kas!“);

	4. aber auch positiv: passende Lösung („Der håt für jeden Schas an Kas!“)
Kastl	1. kleiner Kasten, Kästchen;
	2. Fernseher;
	3. Garderobenspind
keifen	schimpfen, zetern, fluchen
Kennedybrucken	Kennedybrücke: führt von → Penzing über den Wienfluss nach → Hietzing; benannt nach dem früheren US-Präsidenten John F. Kennedy
keppeln	schimpfen, zanken (typischerweise eher Frauen zugeordnet → måtschkern)
Kiste	1. Getränkekasten;
	2. Gerät, Automat, auch Spielgerät; 3. Bett
Kiwanis	Kiwanis International ist ein weltweiter Zusammenschluss von Servicevereinen, ähnlich wie Lions oder Rotary. Setzt sich häufig für notleidende Kinder ein. Das Wort stammt aus einer indianischen Sprache und bedeutet: „Ausdruck der eigenen Persönlichkeit“.
kla(a)	klein
Kladl	Kleid
klass	toll, super, großartig, perfekt passend (von klassisch)
kletzeln	(einen klebenden Gegenstand) ablösen, abzupfen
Klumpert	Krempel, unnützes Zeug, Krimskrams
knian	knien

Knofel	1. Knoblauch (Allium sativum; mhd. chlovolouch, Knoblauch, von ahd. kliobar, spalten; daher eigentlich Spaltlauch); 2. Unglücksbringer
Koffer	1. Gepäckstück; 2. unsympathischer Mensch; 3. Verdauungsgase
komplett	1. vollständig; 2. etwas füllig (bei Personen)
konvenieren	zusagen, gefallen
Kra(a)s	Kreis
Kråcher	1. kurzer, lauter Knall; 2. (älterer) Mann; 3. erfolgreicher Schlager
Krampus	Begleiter des heiligen Nikolaus, bestraft die im vergangenen Jahr schlimm Gewesenen; tritt oft in wildem Kostüm auf und trägt auf dem Rücken eine → Buttn mit Geschenken für die brav Gewesenen
Kramuri	Krimskrams, Nippes, unnützes Zeug
Krautfleckerln	trad. böhmisch-österreichisches Gericht aus Weißkraut, Zwiebeln und Teigwaren. Nur etwas für wahre Kenner. Ich bin keiner.
Krauthappel	Kohlkopf
Kren	1. Meerrettich; wird häufig nicht nur frisch gerissen gegessen, sondern auch mit Äpfeln zu Apfelkren als Fleischbeilage verfeinert, mit Semmeln zu Semmelkren, mit Obers zu Oberskren usw.;

	2. Geneppter, Ausgenutzter („Die Mitzi håt an neuchen Kren, der brennt ihr ålles.“) (tschech. křen, Meerrettich)
krepieren	sterben, umkommen (ital. crepare, verrecken)
kriagen	kriegen, bekommen
kriegert, kriagert	erste und dritte Person Singular Präsens Konjunktiv von → kriagen, bekommen (ich bekäme, er bekäme)
kudern	meist weibliche Form des Kicherns, wird häufig in Situationen eines → Damenspitzes auch durch objektiv schwer nachvollziehbares Losprusten ergänzt
kummen	kommen
laad	leid („Tuat ma laad!“)
laar	leer
Låd	1. Lade; 2. Kinnlade
lädiert	verletzt, beschädigt
Låstwågn	LKW, Brummi
leicht	1. leicht; 2. vielleicht
Leut	Menschen, Leute
Liada	Lieder (besonders ålte Liada und harbe → Gstanzln gehen dem Ostösterreicher direkt vom Ohr in die Seele)
liagen	lügen
ma	1. man; 2. wir; 3. mir
ma(a)nen	meinen

Maissau	Kleinstadt am Südhang des Manhartsberges, direkt an der Grenze zwischen → Waldviertel und → Weinviertel
Malheur	Unglück
Målzzuckerl	Malzbonbon
Marille	Aprikose
Marmelade	Konfitüre
Maroni	Esskastanie (ital. marrone, Kastanie)
måtschkern	schimpfen, zanken (typischerweise eher Männern zugeordnet; tschech. moč, Brei; → keppeln)
mei	1. mein; 2. Kurzform des Zeugenanrufs „Mein Gott!“, oft kombiniert mit einem bestätigenden „Ja“ („Jå mei, so wår's hålt.“)
Mezzanin	Zwischengeschoß. Im Wiener Wohnbau um 1900 wurde das Mezzanin als etwas niedrigeres Geschoß gerne ziemlich unten im Gebäude vorgesehen, häufig noch vor dem ersten Zwischengeschoß und dem Erdgeschoß, das sich dort befand, wo üblicherweise ein zweiter Stock ist. Der Grund dafür waren die Stockwerksteuer, die auf Vollgeschoße berechnet wurde, und ein Verbauungsplan, der nur eine bestimmte Anzahl an Vollgeschoßen erlaubte. (ital. mezzano, mittlerer)
Mezzie	vorteilhaftes Geschäft (hebr. m'ziah, Fund)
mi	mich
miachteln	unangenehm riechen

miad	müde
mies	1. schlecht; 2. unvorteilhaft
mir	1. mir („Bringst mir no a Bier, bitte?“); 2. wir („Mir san mir!“) → ma
Mitzi-Tant	Tante Maria. Jeder Österreicher hat mindestens eine Mitzi-Tant. Zu ihr muss nicht notwendigerweise ein echtes Verwandtschaftsverhältnis bestehen. Das sind die Tanten, die von Neffen und Nichten unbedingt auf den Mund geküsst werden wollen, die gekränkt sind, wenn das nicht geschieht, aber deren Herz übergeht, wenn doch.
Mordstamtam	Aufsehen und Lärm erregendes, störendes Verhalten
muass	muss
na	nein
nå	1. auffordernd: nun, also; 2. überlegend: tja, nun ja (nicht zu verwechseln mit → no)
na jå	1. nicht unentschlossen nein-ja, sondern überlegend nun ja, nun denn, na gut; 2. abschätziger Kommentar zu einer Situation, die man nicht kommentieren möchte
na servas!	Ausruf des Erstaunens
neamd	niemand
Nebochant	kleinkarierter, ärmlicher, unbeholfener Typ (jidd. bocher, Junggeselle)

Negerant	jemand, der chronisch unter Geldmangel leidet
net	nicht
net gscheit	1. unüberlegt; 2. verrückt
net schlampert	1. nicht unordentlich (→ schlampert) 2. beeindruckend, erstaunlich („Den sei Wampen is aber net schlampert.“)
neuch	neu
nimm	1. (ich) nehme; 2. Imperativ: nimm!
nix	nichts
no	noch (nicht zu verwechseln mit → nå)
Obers	Sahne
obligat	verpflichtend
Ohrwaschel	Ohr (→ Wascheln)
Ottakring	der 16. Wiener Gemeindebezirk
Packel	1. gemeinsames Projekt, sich mit jemandem absprechen („Oft haun mir uns auf a Packel.“); 2. Paket
påcken	1. packen; 2. anpacken; 3. begreifen; 4. schaffen
Packerl	Päckchen
panieren	1. Fleisch, Fisch, Käse oder Schwammerl mit Mehl, Ei und Semmelbröseln einkrusten (wie z.B. für ein Wiener Schnitzel); 2. jemandem eine starke Ohrfeige geben („I panier dir ane!“)
papierln	jmd. verspotten, veralbern (mhd. papiren, jmd. zum Spott eine nicht vorhandene positive Eigenschaft zusprechen)

påschen	(in die Hände) klatschen
påtzen	stümpern (mhd. batzen, Klumpen)
Påtzerei	Hantieren mit klebrigem Material
påtzig	1. klebrig; 2. arrogant, anmaßend; 3. frech, unverschämt
Pawlatschen	offener Flur in alten Häusern; Tribüne, Vorortbühne (tschech. pavlač, Balkon)
Pension	1. Altersrente; 2. familiäre hotelähnliche Unterkunft
Penzing	der 14. Wiener Gemeindebezirk
pflanzen	auf den Arm nehmen (wenn man eine salonfähige Übersetzung bevorzugt, ansonsten ...)
Pfrnak	große Nase (tschech. frňák, der Riechzinken, Schnauze)
picken	1. (etwas) kleben; 2. jemandem eine Ohrfeige geben („I pick dir glei ane, wennst net glei aufhörst mit dem Kas!“); 3. ungewaschen sein („I pick vor lauter Dreck.“)
Pickerl	1. Klebezettel, Aufkleber, Preisauszeichnung; 2. Autobahnvignette
Pleampel	Dummkopf (nicht zu verwechseln mit → Bleamel)
Powidl	1. Unsinn („Der redt heut wieder an Powidl z'samm, des is net zum Aushålten!“); 2. Zwetschkenmus und als solches Zutat vieler großartiger Kalorienbomben der böhmisch-österreichischen Küche, wie Germknödel, Powidltascherln, Liwanzen, Buchteln usw. Damit Powidl die richtige Konsistenz erreicht,

	muss er ohne Zugabe von Zucker 5–6 Stunden unter ständigem Rühren bei schwacher Hitze gekocht werden. Das Ergebnis ist die Mühe aber wert!
Pråtzen	große Hände (lat. bracchium, Arm)
Promüü	übliche Messgröße des Alkoholgehalts im Blut von sich bedenklich benehmenden Personen: Promille
Pü(l)cher	Gauner, Halbverbrecher, verdächtiges Subjekt (lat. peregrinus, fremd, ausländisch)
pumpern	1. anstoßen, gegen etwas stoßen („gegnan Tisch pumpern"); 2. anklopfen („an die Tür pumpern"); 3. hinunterfallen („åbepumpern")
Punschkrapferl	garantiert kalorienfreies rosa aussehendes Würfelchen aus Zucker, Eiern, Mehl, Butter, Biskuitteig, Marmelade, Schokolade, Rum, Puderzucker und Punsch Eine Offenbarung und jede Sünde wert!
Quastl	Quaste, Bommel
raamen	räumen
rammeln	1. stopfen; 2. begatten, decken
Rapid	Name mehrerer österreichischer Fußballvereine Der bekannteste ist Rapid Wien, dessen Vereinsfarbe Grün ist und der in Hütteldorf beheimatet ist.
Rastelbinder	Wanderhändler, der auch Kleinreparaturen durchführte (mhd. rôst, Drahtgestell zum Ablegen des Bestecks)

rebeln	Beeren von der Traube lösen (→ Grebeln)
reiben	1. reiben; 2. geben („Reib ma glei den Doppler uma, weil bei so an Durscht verkumm ma!“); 3. eine Ohrfeige geben („Reib eam ane, dass er net waaß, wo obn und unt is!“)
Reis	1. Reis; 2. Angst („Nå, geht dir eh scho der Reis?“)
Remasuri	Menschenauflauf, Durcheinander, Tumult (ital. rammassare, anhäufen, sammeln)
riachen	riechen (sowohl aktiv als auch passiv)
Rock	1. Damenbekleidung: Rock; 2. Herrenbekleidung: Sakko, Blazer, halblanger Mantel; 3. Musikrichtung
Roulade	gerolltes Nahrungsmittel (Das kann je nach Zutaten z. B. eine süße Roulade sein, etwa aus Biskuitteig, dann wäre es eine → Biskuitroulade. Oder Rindfleisch, das um Gemüse herumgewickelt wird, das wäre eine Rindsroulade. Oder Kraut, das um Faschiertes gewickelt wird, das wäre dann eine Krautroulade. Man sieht, es gibt viele verschiedene Rouladen. Weil es bei allem eine Ausnahme geben muss, heißt ein gerollter Teig aus Mehl, Eiern und Milch allerdings nicht Mehlroulade, sondern Palatschinke.)
Ruah	Ruhe
’s	1. es; 2. das (Die Auslassung der Buchstaben dient dabei vorwiegend einem leichteren Redefluss.)

Sackerl	Tüte
Sackl	1. Tüte, Einkaufstasche; 2. Sakko, Jacke
Safensiada	Schimpfwort für einen unterwürfigen Nichtskönner, abgeleitet vom früher verbreiteten Beruf des Seifen- oder Kerzenherstellers, für den keinerlei Ausbildung erforderlich war und dessen Ansehen in der Bevölkerung überschaubar war.
sageln	1. sägen; 2. schnarchen
samma	sind wir
san	sind
schasfreundlich	übertrieben freundlich, oft verbunden mit Unaufrichtigkeit und Hinter(!)gedanken
schee	schön
Scheitel	1. Holzscheit; 2. Lausallee auf menschlichen Köpfen
Scherzkeks	Mensch, der vom Drang beseelt ist, ständig mehr oder weniger humorvolle Aussagen von sich zu geben
schiach	hässlich („Die is schiach wie der Zins!") (mhd. schiehe, schief, schlecht)
Schippel	große Menge (mhd. schübel, Büschel)
schlampert	unordentlich (vgl. allerdings: → net schlampert)
Schlawiner	von Slowene; trickreicher, windiger Mensch (In der frühen Neuzeit zogen viele windische (!) Wanderhändler aus der Gegend des heutigen Sloweniens durch Mitteleuropa.)

Schlecker	1. Zunge; 2. Naschwerk an einem Holzstäbchen
Schluckerl	kleiner Schluck
Schmäh	1. Humor (S. haben); 2. Witz (S. erzählen); 3. Unsinn (S. machen); 4. Unterhaltung (S. führen); 5. auf den Arm nehmen (am S. hålten) 6. sprachlos sein („Då geht mir der S. aus!“ → schmähstad (jidd. schemá, Gehörtes)
Schmähpartie	eine Runde, die gerne → Schmäh führt und sich zu diesem Anlass immer wieder trifft
schmähstad	wortkarg; sprachlos
Schmårrn, Schmarren	1. Speise (Grießschmårrn, Kaiserschmårrn, Kipferlschmårrn, Topfenschmårrn usw.); 2. unsinniges Gerede („Geh, red kan Schmårrn!“); 3. Pech, unglückliches Ereignis („A so a Schmårrn!“); 4. Wertloses („Des is ka Schmårrn!“)
schmirgeln	1. schmirgeln (etwas abschleifen); 2. unangenehm riechen (etwa ein vor dem Erhitzen schlecht gereinigter Backofen); 3. unschön glänzen (etwa eine abgetragene Hose)
schnabulieren	essen, genießen (student. Scherzform von Schnabel)
schnorren	anbetteln. – Schnorren ist immer die bettelnde Aktivität. Man kann also jemanden um eine Zigarette anschnorren, aber der so Angeschnorrte kann dem

	Schnorrer eine Zigarette zwar schenken oder borgen, aber die Zigarette ihm nicht schnorren, wie manchmal missverständlich gesagt wird.
Schnorrer	jemand, der → schnorrt. Die mhd. Bezeichnung snurraere (für Bettelmusikant) lebt heute noch als Relikt im nordischen Vornamen Snorre fort. Ein Schnorrer raucht z. B. mit Vorliebe Zigaretten aus Holland (van Die-Andern) oder aus Spanien (Schnorrilos).
schnürlgråd	schnurgerade
Schuach	Schuh(e)
schupfen	werfen
Schupfen	Schuppen, Scheune
Schwammerl	1. Pilz; 2. Versager, wenig erfolgreicher Mensch („So a ahnungsloses Schwammerl!“)
Schwingerl	offener Tragekorb
Schwips	Zustand leichter Angetrunkenheit („Der håt an Schwips.“), in dem man das Resultat des Alkoholgenusses durch erhöhte Fröhlichkeit und gesteigertes Mitteilungsbedürfnis kundtut; eine Spur leichter als bei einem → Schwül, aber etwas schwerer als bei einem → Spitz.
Schwül	Zustand leichter Angetrunkenheit („I håb an Schwül“), in dem das Denken nicht mehr in gewohntem

	Tempo stattfindet; eine Spur schwerer als bei einem → Schwips, aber leichter als bei einem → Fetzen
Secession	1. Wiener Künstlervereinigung um 1900; 2. Ausstellungsgebäude der gleichnamigen Wiener Künstlervereinigung beim Karlsplatz, an der unterirdischen Mündung des Ottakringer Bachs in den Wienfluss. Ein Hauptwerk des Jugendstils, wegen seiner Form „goldenes → Krauthappel“ genannt.
Semmel	Brötchen
servas	servus; 1. Gruß; 2. Ausruf des Erstaunens (lat. servus, Diener; vgl. allerdings → na servas!)
si	sich
siaß	süß
siech	sehe
sinnieren	1. überlegen; 2. grübeln, sich mit seinen eigenen Gedanken beschäftigen
sitzert	erste und dritte Person Singular Präsens Konjunktiv von sitzen (ich säße, er säße)
Sonntågszeitung	Am Sonntag erscheinende Tageszeitung, die in offenen Selbstbedienungstaschen zum Kauf angeboten wird und dem Käufer so die faktische Festsetzung des zu entrichtenden Kaufpreises überlässt.
Spitz	Zustand ganz leichter Angetrunkenheit („I håb an Spitz.“), in dem man das Resultat des Alkoholge-

	nusses durch erhöhte Fröhlichkeit und gesteigertes Mitteilungsbedürfnis kundtut; eine Spur leichter als bei einem → Schwips (→ Damenspitz)
stad	still, leise (mhd. stade, still) → schmähstad
Stanitzel	zusammengedrehte (Papier-)Tüte für → Maroni, gebrannte → Aschanti, Pommes frites usw.
Stanniol	Alufolie (lat. stagnum, Blei-Silber-Legierung)
Steckerl, Stecken	Stock
Steffl	Stephansdom, Wahrzeichen Wiens
steh	1. stehen („Kannst du überhaupt no steh?"); 2. stehe („I steh deppert umeinander.")
stengan	stehen (nur in konjugierten Formen, etwa „wir stengan", „sie stengan"; aber → „steh")
Stephansplåtz	Platz vor dem Wiener Stephansdom, faktischer Nullpunkt von Wien
stieren	1. starren; 2. stören, auf die Nerven gehen („Des stiert mi an!")
suachen	suchen
Surm	Tollpatsch, verwirrter Mensch, in dessen Kopf es surren dürfte
Taag	Teig
Tagerl	erfreulicher Tag, meist zusätzlich mit strahlendem Wetter ausgestattet
tan	tun, machen (→ tuan)

Tandler	jemand, der mit Tand (wenig wertvolle Gegenstände, die in Bausch und Bogen und ohne Gewährleistung verkauft werden) handelt (lat. tantum, so viel)
Tant	1. Tante; 2. Kindergartenkindererziehungsbeauftragte
Tanz	1. Tanz (spr. „Taunz“, außer in Verbindung mit „harbe Tanz“, da wird es nämlich als „Tanz“ ausgesprochen. Der Grund dafür ist historisch bedingt (wie man sagt, wenn man für etwas Unlogisches keinerlei Erklärung finden kann); 2. Blödheiten, Modetrend (spr. „Tanz“; Pluralwort. „Ihr wissts, i håb mi nie der Zeit und neuche Tanz verweigert.“)
tatert, tätert	erste und dritte Person Singular Präsens Konjunktiv von tun (ich täte, er täte)
Teschek	zu gutmütiger und daher ausgenutzter Mensch (ungar. tesék, bitte) (→ Weh)
Topfen	1. Quark; 2. Unsinn („So a Topfen!“)
Topfengolatschen	Quarktasche aus Blätterteig, Topfen, Ei, Zucker, Vanillezucker, Zitrone und Rosinen. Köstlich! Mein persönlicher Lackmustest für die Qualität und das Können eines Bäckers! (tschech. koláč, Süßspeise)
Topf(erl)	1. Nachttopf; 2. Toilette, WC
Traam	Traum

tråtschen	plaudern, unwichtige Neuigkeiten austauschen
Tråtscherei	üblicherweise hinter dem Rücken des Betroffenen erfolgende Diskussion über denselben, inklusive starker Gerüchtebildung, häufig durch Neid, Eifersucht oder Schadenfreude gefördert
Trottoir	Bürgersteig
Trümmerl	→ Hundstrümmerl
tschechern	Alkohol trinken (wobei es mehr um das Trinken selbst geht als um den Genuss)
tuan	tun, machen (das häufigste Verb überhaupt; wird gerne auch als Hilfsverb in Kombination mit anderen Verben gebraucht, wodurch ein wenig an Aggressivität genommen wird. „Tua mi net pflanzen!“, klingt viel netter als „Pflanz mi net!“)
tummeln	1. beeilen, 2. geschäftig unterwegs sein (mhd. tumeln, sich bewegen, drehen)
überringeln	auf etwas draufkommen
uma	herüber (manchmal auch: hinüber; → ume)
ume	hinüber (manchmal auch: herüber; → uma)
umeinand(er)	1. umher; 2. herum
Vanillekipferln	DAS österreichische Weihnachtsgebäck schlechthin. Wenn es richtig gemacht ist, dann kann man es mit der Zunge zerdrücken. Die wichtigsten Zutaten sind Butter, Mehl, Mandeln und mindestens sechzig Jahre Erfahrung.

Veilchen	1. Veilchen (Viola); 2. blaues Auge; 3. Sportvereine mit dem Namensteil „Austria", den es in den verschiedensten Städten gibt oder gab, etwa Austria Wien, Austria Klagenfurt, Austria Salzburg, deren Spieldressen traditionell violett sind
vierazwanzg	vierundzwanzig
viere	1. vier; 2. vor → vur
Viertel	1. mathematisch: 25 Prozent von etwas; 2. geografisch: Stadtteil, Landesteil; 3. Maßeinheit (ergänze Liter, Kilogramm, Kilometer, ...)
vü	viel
vur	vor (zeitlich: „Wås håst denn vur?"; örtlich unbeweglich: „Vur der Kreuzung steht a Låstwågn." Aber örtlich beweglich → viere)
waach	weich
wa(a)r(at)	wäre („Des Pflåster waar herunten!")
waaß	weiß (von wissen, nicht die Farbe)
Wåchhund	1. Wachhund; 2. Sekretärin, Empfangsdame (pejorativ)
Wagerl	1. Einkaufswagen; 2. Golftrolley
Wåldviertel	nordwestlicher Teil von Niederösterreich
wampert	dickbäuchig
wann	1. wann; 2. wenn
wås	1. was; 2. etwas
Wascheln	Ohren (→ Ohrwaschel)

Wean	Wien (Manche bösartig gesinnte Menschen nennen es trotz seiner unbegrenzten weltmännischen Größe und Offenheit auch „Weandorf". Das ist jedoch entschieden abzulehnen.)
Weh	1. Versager; 2. gutmütiger Mensch (→ Teschek)
Weidenastl	Ast einer Weide (Salix)
Weihnåchtsmandel	1. klein gewachsener Weihnachtsmann; 2. zu Weihnachten in Kekse verarbeitete Mandeln
Weinviertel	nordöstlicher Teil von Niederösterreich
Weltidee	großartige Idee
weng(erl)	wenig
wenigst	wenigstens, zumindest
wia	wie
Wieden	der 4. Wiener Gemeindebezirk
Wienerwåld	riesiger Waldgürtel im Norden, Westen und Süden Wiens
Wienfluss	Fluss vom Wienerwald zur Urania, mündete ehemals in die Donau. (Seit deren ersten Regulierung 1875 fließt in deren Hauptbett der Donaukanal.) Der Wienfluss, an dessen Ufer viele Ortschaften waren, die durch schwere Überschwemmungen immer wieder zerstört wurden, wurde 1902 reguliert.
wurscht	egal
Wurscht	Wurst

wüseln	wuseln, geschäftig arbeitend hin und her laufen
zaach	zäh
zagen	zeigen
zahn	etwas mit Anstrengung ziehen, schleppen (→ ziagen)
Zähnd	Zähne
Zechen	1. Zehen; 2. Teil der Knoblauchknolle (Allium sativum) → Knofel
z'erst	zuerst, zuallererst
z'haus	1. zuhause; 2. nachhause
ziagen	ziehen (ohne große Anstrengung; „A Duft ziagt durchs Haus"; → zahn)
Zniachte(r)l	kleiner, schwacher, magerer Mensch (So eigenartig es klingt, aber im 17. Jh. verwendete man noch das Wort zernichten für vernichten, zerstören.)
z'ruck	zurück
z'samm	zusammen („Då stengan zwa z'samm und tråtschen scho seit drei Stund!")
z'sammpicken	auf engem Raum zusammengepfercht sein (freiwillig oder unfreiwillig, auch im übertragenen Sinn. Frisch Verliebte, etwa, picken oft im direkten und im übertragenen Sinn z'samm. Beide und beides davon meist freiwillig.)
zua	zu
Zuckergoscherl	1. Naschkatze; 2. Liebling (→ Goscherl)
Zuckerl	1. Bonbon; 2. Belohnung

Zündholz	Streichholz
Zuwezahrer	Operngucker, Feldstecher → zuweziagen
zuweziagen	1. hinziehen, hinschleppen; 2. heranziehen → Zuwezahrer
zwa	zwei
zwanzg	zwanzig
Zwetschken	Pflaumen

PREISAUSSCHREIBEN

Jetzt, da Sie sich durch das Glossar gekämpft und dabei hoffentlich das eine oder andere Neue und Interessante erfahren haben, folgt die Belohnung für so viel Fleiß: Es gibt in diesem Buch ein Preisausschreiben. Und zwar keines, wo es nur aufs Glück ankommt (bei so was hab ich noch nie gewonnen), sondern eines, bei dem wirklich jeder mit ein bisserl Kopfakrobatik eine faire Chance hat. Wie das funktioniert? Nun, in einem „Asterix"-Heft wäre das ungefähr so beschrieben:

Wir befinden uns im Jahr 2009 n. Chr. Alle Wörter im Glossar sind entweder in den Gedichten und Liedern dieses Buches enthalten oder wurden wegen Querverweisen ins Wörterglossar aufgenommen. Alle Wörter? Nein! Einige von unbeugsamen Wortklaubern ins Glossar hineingeschummelte Wörter hören nicht auf, der Zensur Widerstand zu leisten. Sie sind durch die Kontrollen des Lektorats und des Verlags gerutscht und befinden sich jetzt unerkannt inmitten der anderen Wörter. Und das Leben ist nicht leicht für die Zensur-Legionäre, die völlige Übereinstimmung von Wörterglossar und Texten anstreben ...

Die ersten fünf Einsender, die die fünf hineingeschummelten Wörter per Mail an die Adresse gerhard.blaboll@aon.at senden, erhalten jeweils zwei Karten für eine Kabarettveranstaltung von Gerhard Blaboll (http://www.blaboll.at/veranstaltungen.htm).

Damit Sie diese Wörter im Glossar leichter identifizieren können, haben wir sie nachstehend sicherheitshalber notiert. Peinlicherweise sind uns dabei die Buchstaben leicht durcheinandergekommen, aber das ist ja kein Problem, oder?

Und wie das bei solchen Aktionen immer ist, ist natürlich auch hier der Rechtsweg ausgeschlossen.

1. aeeghnostt
2. abeehrr
3. aeilnppr
4. aacehlnpstw
5. ceehkst

Gerhard Blaboll im Gespräch mit Sandra Sagmeister

Herbst ist und es gibt wieder einen frischen Blaboll. – Ziehen Sie sich wieder selber durch den Kakao?
Ja schon, ich möchte Dinge sagen, ohne jemanden zu beleidigen, und das geht am besten, wenn ich selber in die Rolle des klassischen Deppen schlüpfe, denn so kann ich Geschichten erzählen, ohne jemanden bloßzustellen.

Sind Ihre Geschichten umgangssprachlich oder im Dialekt geschrieben, und wo liegt der Unterschied? Kann ein Wiener wie ein Tiroler Ihre Geschichten lesen?
Alle können meine Geschichten lesen, ich schreibe meine Gedichte umgangssprachlich und deshalb sind sie leicht verständlich. Wobei man natürlich schon sagen muss, dass in Österreich ein sprachlicher Unterschied zwischen westlicher und östlicher Umgangssprache besteht. Ein Dialekt ist ja sehr eng gefasst, den versteht man oft schon dreißig Kilometer weiter nicht mehr. Würde ich in einem Dialekt schreiben, also etwa in Mittelburgenländisch, kämen lokale Ausdrücke vor, die würde ein Waldviertler nicht verstehen. Und es würde sehr schwer lesbar werden. Falls trotzdem jemandem ein Wort spanisch vorkommt, gibt es im Anhang ein Wörterbuch – då is ålles erklärt; oft a, von wo die Wörta herkommen … Håbn S' mi verstanden?

Sie haben einen ganz eigenen Schreibstil – die neue Wiener Lyrik – entwickelt. Verraten Sie uns, wie das geht?

Na ja, dafür gibt's kein Kochrezept. Lassen Sie mich das so beschreiben: Jeder kennt Hochzeiten oder runde Geburtstage, wo jemand ein mehr oder weniger lustiges Dialektgedicht vorträgt, dabei aber in der Anwendung der Grundregeln von Versmaßen und Reimen sehr, sehr frei und großzügig ist und die einzelnen Wörter in den Sätzen so verdreht, wie er sie im üblichen Sprachgebrauch normalerweise niemals verwenden würde. Das ist für solche Anlässe durchaus gerechtfertigt – warum sollte man in solche Gebrauchslyrik unnötigerweise mehr Zeit und Mühe investieren als angebracht? Da genügt es, wenn man einmal darüber lacht, und im Übrigen wird das Werk vermutlich nie mehr angesehen.

Soll aber wirkliche Literatur entstehen, geht das nicht mehr im Vorübergehen unter Nichtbeachtung sprachlicher Grundregeln und mit dem Zeiteinsatz einer halben Stunde. Da muss man entwerfen, überarbeiten, weglegen, wieder nehmen und kritisch neu lesen, lesen lassen, verbessern, weiter entwickeln, liegen lassen, feilen, polieren, und dann ist irgendwann das fertige Produkt da. Ich persönlich schreibe in verschiedenen klassisch-griechischen Versmaßen (die der Leser gar nicht kennen muss, er merkt es nur an der leichten rhythmischen Lesbarkeit). Ich schreibe Alltagsgeschichten (die ich natürlich schriftstellerisch verfälsche, um niemanden bloßzustellen), ich schreibe in Umgangssprache (nicht im Dialekt) und dadurch in einer leicht lesbaren Form, ich baue natürliche Reime an die Zeilenenden, ich konstruiere Sätze in einfacher Satzstellung wie bei einem ganz normalen Gespräch und ich kenne keine tabuisierten Themen – na ja, und der Rest ist Inspiration.

Ihre bisherigen Bücher haben immer genau 31 Gedichte – wieso eigentlich? Oder ist es am Ende eine getarnte 13?
Nein, nein - keine versteckte 13, es soll ganz einfach für jeden Tag eine Geschichte geben. Damit ist meine literarische Tagesempfehlung für den Leser angedeutet. Aber Vorsicht, nicht alle Geschichten sind witzig! Bei 31 Gedichten ist das 30. Gedicht etwa immer ein tragisches - das ist so ein Markenzeichen; das Leben besteht leider nicht nur aus Sonnenschein.

Sie haben noch ein Markenzeichen: Ihre Buchtitel sind immer gleich aufgebaut. Was wollen Sie damit ausdrücken?
Meine Bücher beinhalten Geschichten aus dem Leben. Mit den Titeln möchte ich das Gegensätzliche und Widersprüchliche ausdrücken, das es in jedem Leben gibt. Man sollte nur nicht nach dem ersten Lesen glauben, dass man bereits alle Andeutungen und Geschichten wirklich wahrgenommen hat, denn meine Geschichten sind wie die Matrjoschkas, die russischen Puppen, wo in jeder Puppe eine weitere steckt. Und so ist das auch mit meinen Geschichten: In jeder Geschichte steckt noch etwas anderes und dahinter noch einmal etwas.

Sie haben Ihre Karriere eines 70-Wochenstunden-Topmanagers aufgegeben und einen völlig neuen Weg eingeschlagen, nämlich den eines Literaten. Möchten Sie diesen weitergehen?
Ja natürlich! Zum einen habe ich ja nicht erst nach meiner bürgerlichen Laufbahn mit dem Schreiben begonnen, sondern mache das seit meiner Jugend.

Damals habe ich schon viel publiziert, aber ganz anders geschrieben – Kurzgeschichten, Hörspiele, Essays. Und zum anderen sind die Rückmeldungen der Leser meiner Bücher und der Gäste meiner Kabaretts so beflügelnd, da kann ich gar nicht anders. Das nächste Buch ist schon in Arbeit – es wird „Von Mandeln und Weibeln" handeln. Vielleicht wird aber auch das übernächste Buch vorher noch fertig – das erzählt vom Leben in und um Wien und wird wahrscheinlich heißen „Des Lebn in Wien". Alle Geschichten beginnen dort mit „Des Lebn in Wien" und jede Geschichte hat exakt 160 Silben. Na ja, lassen wir uns überraschen ...

Na, da haben Sie sicherlich viel zu schreiben, wir sind schon sehr gespannt!
Danke für das Gespräch.
Gern g'schehn!

GERHARD BLABOLL

Gerhard Blaboll ist, was man gemeinhin als polyglotten Menschen bezeichnet. Ob in Europa, ob in Asien, Arabien, Afrika oder Amerika – kaum ein Land, in dem er in seinem Beruf als Wirtschaftsjurist und Topmanager nicht schon gearbeitet oder auch für einige Zeit gelebt hat. Je mehr er sich mit diesen Kulturen auseinandergesetzt hat, umso mehr sind ihm seine eigenen Wurzeln bewusst und wichtiger geworden:

Wien, wo er geboren wurde und wo er es liebt, zu leben; das Burgenland, woher seine Frau stammt; Niederösterreich, wo er gerne seine Wochenenden verbringt; die Steiermark, woher seine Mutter stammt. Ein wichtiger Teil dieser Wurzeln ist die regionale Umgangssprache, die in den letzten Jahrzehnten immer mehr zurückgedrängt wird und die ihre lokalen Besonderheiten zu verlieren droht. Damit soll nicht einer vulgären Strizzi- oder Fäkalsprache das Wort geredet werden, sondern den vielen Schattierungen, den treffenden Wortspielen und charmanten Umschreibungen, die in ihrer Summe eine sprachliche Wiedergabe des ostösterreichischen Lebensgefühls sind.

In selbstironischer und humorvoller Weise bringt Gerhard Blaboll seine Geschichten in der Form einer Neuen Wiener Lyrik zu Papier: Durch die Beachtung von Versmaßen und Versfüßen, Silbenanzahl und Rhythmus schwingen seine Gedichte beim Lesen und Vortragen in sich. Die Satzstellung wird nicht durch unnatürliche Umordnungen hingebogen, „damit es sich am Ende ausgeht", sondern sie entspricht dem gewohnten Sprachgebrauch. Diese besondere Qualität seiner Gedichte und Lieder, die er frei nach Einstein mit 90 Prozent Transpiration und 10 Prozent Inspiration erreicht, ist der Grund, warum nicht nur viele bekannte Schauspieler oft und gerne aus seinen Werken vortragen, sondern warum auch in privaten Runden seine Gedichte garantierte Lacherfolge sind.

Wer sich darauf einlässt, kann von Herzen lachen und irgendwann, beim zweiten oder dritten Mal Lesen, erkennen, weniger in ein Buch als in einen Spiegel zu schauen.

GERALD ETZLER

Tina Bittner

Geboren 1958 in Wien. Gitarren- und Gesangsstudium an der Hochschule für Musik und darstellende Kunst in Wien (Diplom mit Auszeichnung 1994). Lebt und arbeitet als freischaffender Musiker in Wien und ist u. a. seit 2007 gemeinsam mit Gerhard Blaboll auf verschiedenen Kabarettbühnen zu sehen und zu hören. Weiters ist er als Sänger der Hackinger Gstanzlpartie auf der 2008 erschienenen CD „Von Kranken und Gsunden" (mit Karlheinz Hackl und Gerhard Blaboll) zu hören – und auf seiner 2009 erschienenen CD mit Wienerliedern und Interpretationen von Liedern Georg Danzers: „Wer a Geld hat ..."

LUKAS PILGERSTORFER

Geboren 1981 in Wien. Absolvent der Fachhochschule St. Pölten, Studienrichtung Medientechnik. Lebt und arbeitet als Grafiker und Illustrator in Wien. Bekennender Bärenfreund und Kettenraucher.

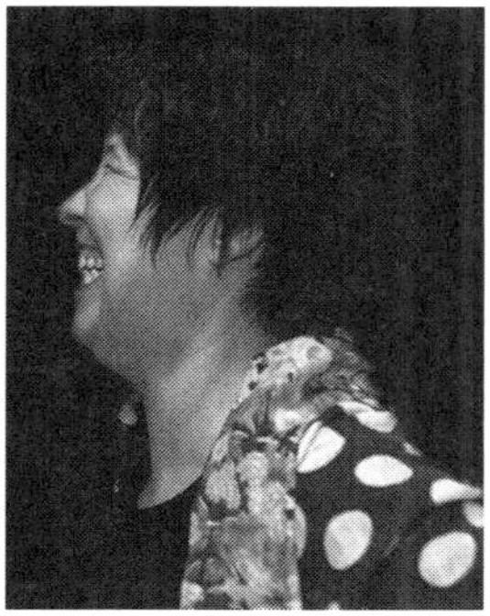

AGNES FRÜHWIRT

Die seit frühester Kindheit musikbegeisterte Lehrerin singt seit ihrem 13. Lebensjahr bei verschiedenen Chören, wie bei Jung-Wien, Cantores Juventutis, Singers limited oder Gospelpower. Studium des Neuen geistlichen Lieds am Konservatorium Wien und laufend Fortbildung in Chorseminaren und Einzelstimmbildung. Die durch und durch optimistische Sopranistin der Hackinger Gstanzlpartie ist u. a. auf der CD „Von Kranken und Gsunden“ zu hören.

KLARA WASSERTRÜDINGER

Absolventin des Musikgymnasiums Wien; seit vielen Jahren begeisterte Chorsängerin. Die engagierte Lehrerin versucht immer wieder und mit großem Erfolg, Volksschulkinder für Musik zu begeistern – Musik ist ihr Leben und für sie die schönste Sprache der Welt! Die einzige Schwierigkeit der Altistin der Hackinger Gstanzlpartie: bei Auftritten nicht selbst zu viel lachen zu müssen. Zumindest bei der Aufnahme für die CD „Von Kranken und Gsunden“ ist ihr das gelungen.

VON SPORTLERN UND HÄTTIWARIS

Kein Buch nur für Sportler! Hier geht es in vergnüglicher, selbstironischer Weise darum, dass man Perfektion gerne anstreben kann, aber dass im ganzen Leben, nicht nur im Sport, niemand perfekt sein muss. Und darum, dass es noch immer besser ist, etwas mit Fehlern zu tun als nichts zu tun und stattdessen über diejenigen zu schimpfen, die Fehler machen, während sie etwas tun. Und natürlich um die klassischen Ausredenkünstler, die sich ihr Leben schönreden, ohne etwas zu tun: die Hättiwaris.
Sigi Bergmann meint dazu: „Woher kennt mi der Blaboll so guat?"

ISBN 13: 078-3-902447-38-8

VON KRANKEN UND GSUNDEN

Das ideale Geschenkbuch für jeden, der jemals im Spital war, eine Grippe gehabt hat oder sich das alles nur eingebildet hat. Die Zeit der kalorienreichen Bonbonieren, der verwelkenden Blumensträuße und der genesungsuntauglichen hochprozentigen Flaschen als Mitbringsel sind vorbei. Mit diesem Buch als Medizin kann gelacht werden, bis man wieder gesund ist, und danach, bis man nicht mehr kann. Hinweis: Gilt auch für Nichtkranke!
Karlheinz Hackl meint dazu: „Ein Buch, das lustig, niveauvoll ist und unglaublich viel Mut und Kraft gibt!“

ISBN 13: 078-3-902447-28-9 und
Hörbuch (mit Karlheinz Hackl, Gerhard Blaboll und der Hackinger Gstanzlpartie):
ISBN 13: 978-3-902447-32-6